È di
l'amore. È i
(Henry Wadsworth Longfellow)

Call me maybe

Gay romance
di *Cassandra Stoneheart*

Tutti i diritti riservati
Codice ISBN: 9798582340492
Casa editrice: Independently published

INDICE

GIALLO È UN COLORE DA ADULTI
APRI IL TUO CUORE
IL BUCO
CHIAMAMI... SE TI VA
COME DIMENTICARLO?
BULLDOG FRANCESI
CITY OF STARS
LA PRIMA VOLTA
LA FOTOGRAFIA INCRIMINATA
UN BACIO DI TROPPO
REGALI INASPETTATI
UN'OCCASIONE PERSA
SEI UNA PERSONA SPECIALE
QUESTIONI IRRISOLTE
UNA SERATA DA DIMENTICARE
LIVIDI
SOLO PER STANOTTE PT. 1
SOLO PER STANOTTE PT. 2
EMAIL NOTTURNA
FAMIGLIA?
SCUSE
IL MIO SBAGLIO PIÙ GRANDE
CRISI
INCONDIZIONATAMENTE
GRANDI SPERANZE
IO E TE
DEVO DEDURRE CHE...
PROPOSTA A SORPRESA
ALL'AEROPORTO

GIALLO È UN COLORE DA ADULTI

Erano anni che immaginavo questo momento. In fondo il momento in cui lasci la casa dei genitori e vai a vivere da solo è uno di quei momenti che cambiano la tua vita per sempre. Smetti di essere un ragazzino e inizi a sentirti adulto. Sì, vivere da soli è un nuovo inizio, l'inizio della *vera* vita. Non che abbia un pregiudizio nei confronti delle persone che continuano a vivere coi genitori. Insomma, sono scelte e chi sono io per giudicare? So solo che non vedevo l'ora di creare la mia vita da uomo indipendente.

Tuttavia, nemmeno una volta avevo fantasticato di trasferirmi in una casa con le pareti giallo canarino. Avevo già notato il colore bizzarro, ma stavolta che mi trovo davanti al vialetto con tutti i miei scatoloni e le mie valigie tutto sembra molto più reale.

Vorrei tanto pensare a cose più importanti ed esultare per quello che significa per la mia vita l'attimo in cui varcherò la soglia di casa. Il momento in cui darò inizio a un nuovo capitolo della mia vita. Eppure, il mio pensiero torna a quelle pareti sgargianti, al giardino pieno di erbacce, al garage microscopico e agli scalini pieni di crepe che conducono all'ingresso. Non è proprio una reggia, non c'è che dire.

Ma davvero non avevo notato tutti questi problemi quando ero venuto a vedere la mia stanza? A giudicare dalla mia reazione odierna, direi proprio di no. In effetti, ora che ci penso la prima volta che sono venuto qui mi sono concentrato sul fatto che l'affitto era abbordabile e che, malgrado tutto, si trattava di una villetta piuttosto spaziosa. Certo, l'avrei dovuta dividere con un coinquilino, ma era comunque l'alloggio più confortevole che potessi permettermi con il mio lavoro di tecnico informatico.

Continuo a fissare la facciata della casetta, col tetto a spiovente, la grondaia pericolante e, all'improvviso, ho un'illuminazione. Forse non è la casa perfetta ma lo sarà quando inizierò a costruire ricordi al suo interno. E poi non è nemmeno in una cattiva posizione. È a soli venti minuti di auto dal centro di Macon.

Insomma, è proprio il caso di vedere il bicchiere mezzo pieno.

Macon, in Georgia, è la mia città natale, la città in cui sono tornato dopo il college. Fortuna ha voluto che mi abbia assunto una grande catena di negozi di informatica e da qualche mese lavoro in un enorme centro commerciale. Uno di quelli con la musica sparata a palla e l'aria condizionata che ti congela il cervello. Non guadagno tantissimo, ma abbastanza da potermi sganciare da casa dei miei. Ed era da molto, moltissimo tempo che aspettavo questo momento.

In tanti hanno provato a sconsigliarmi di traslocare. Sono single e potrei risparmiare un bel po', se continuassi a stare dai miei, ma non fa per me. Penso che la mia vita non decollerà mai, almeno fino a quando non riuscirò a conquistare tutta l'indipendenza di cui ho bisogno. E vivere da solo è un inizio promettente. O almeno lo spero!

«Ehi!»

Il mio coinquilino è appena uscito dalla porta di casa. Deve avermi sentito parcheggiare la Chevrolet sul vialetto sconnesso, antistante al garage occupato dalla sua macchina.

«Ciao, Jimmy» dico in un soffio. Sono un po' di malumore. Avrei preferito rimanere a contemplare la casa da solo e a riflettere su tutti i significati che avrebbe avuto quel giorno e a come mi sarei ricordato del trasloco a distanza di anni. Ma devo mettere da parte il mio animo solitario. Dopotutto, ho accettato io di dividere una casa con uno sconosciuto.

«Vuoi una mano?»

Annuisco, mentre lui si avvicina. Il mio coinquilino è il tizio più strambo che io abbia mai conosciuto. Ha una faccia lunga, molto pallida. Ha ai lobi due enormi dilatatori verde fluo e fa la drag queen. Esatto. La prima cosa che Jimmy mi ha detto, quando sono venuto a vedere la casa, è stata che stava cercando qualcuno abbastanza comprensivo da condividere lo spazio con una drag queen.

L'ho rassicurato subito e gli ho detto di non avere problemi con la comunità queer e lui, alla fine, ha messo una buona parola sul mio conto con la padrona di casa. In realtà, non ho mai davvero conosciuto il mondo drag. Immagino che, anche da questo punto di vista, la mia nuova vita nella villetta gialla sarà occasione di crescita. Sono pronto alle novità. Forse per la prima volta nella mia vita sono davvero pronto a gli scossoni e agli imprevisti.

Trasporto tutti i pacchi all'interno dell'abitazione e mi chiedo come sarà vivere insieme a Jimmy e se proverà, in qualche modo, a truccarmi da donna, prima o poi. Chissà perché mi è balenato in testa questo pensiero? Di certo, non ho mai provato a truccarmi. Anche se, adesso che mi ricordo, una volta, durante una festa di Halloween una mia compagna delle medie mi mise il rossetto e una parrucca bianca da strega.

Continuo a sorridere tra me. L'idea della nuova avventura ha fatto breccia e ha spazzato ogni esitazione. Nuova casa, nuove abitudini e forse persino un nuovo amico. Ho di fronte a me nuove prospettive e mi sento eccitato all'idea di mettermi alla prova.

«Amico, cosa tieni qui dentro?»

Jimmy sta trascinando uno dei miei borsoni. Mi ci vuole qualche minuto per ricordarmi che all'interno ho inserito un paio di pesi, con i quali mi alleno quando non ho proprio nulla di meglio da fare. Già, non sono un tipo palestrato. Preferisco il divano all'esercizio fisico, ma di tanto in tanto la mia vanità prende il sopravvento e allora faccio qualche peso.

«Niente di importante» rispondo e arrossisco.

Dopo circa quindici minuti, scatole e valigie sono tutte dentro la mia stanza. È un ambiente quadrato, con il parquet, lucidato di fresco, un paio di armadi bianchi piuttosto nuovi e un letto singolo che ha l'aria di aver visto tempi migliori. Per fortuna, i miei hanno promesso di venire a portarmi il materasso che ho lasciato a casa loro. Mi inquieta l'idea di appropriarmi dello stesso materasso su cui ha dormito chissà quanta altra gente.

Mi piacerebbe essere una di quelle persone che amano l'ordine e il duro lavoro. Mi piacerebbe avere voglia di sistemare tutta la mia roba e guardare il frutto del mio lavoro con aria soddisfatta. Purtroppo, però, non sono quel tipo di persona. Proprio no. E poi è domenica, è il mio giorno libero. Non posso sprecarlo a svuotare gli scatoloni. Sistemerò le mie cose a poco a poco, nei prossimi giorni.

Oggi voglio fare qualcosa di diverso e allora prendo il telefono e inizio a digitare il numero della mia migliore amica.

Dopo pochi squilli risponde: «Thomas, che succede? Sei già nella nuova casa?»

«Affermativo. Stavo pensando...»

«Sì?»

«Ti va di pranzare insieme?»

«Non vuoi goderti la nuova camera?»

«Preferisco svagarmi. È domenica... e poi non mi va proprio di mettermi a spacchettare e rassettare.»

«Mmh...»

«Ti va o no?»

«Mandami la posizione su Whatsapp e ti raggiungo.»

«Va bene. Te la mando subito.»

«A tra poco.»

Mi sento euforico. Adoro trascorrere il tempo con Vanessa. Si può dire che è molto di più della mia migliore amica. Sì, sarebbe più corretto dire che è la mia persona preferita al mondo. L'idea di pranzare fuori mi ha migliorato l'umore. Adesso sono davvero convinto che tutto andrà bene tanto è vero che mi sono dimenticato o quasi delle mie titubanze di fronte alle pareti giallo canarino della mia nuova abitazione.

Sono qui! Quindi... Giallo?

Il messaggio di Vanessa mi strappa una risata.

Non prendermi in giro. Giallo è un colore da adulti!, le rispondo a grande velocità. Corro ad aprirle la porta e poi ci perdiamo subito in un lunghissimo abbraccio. Siamo amici da così tanto tempo e le cose tra noi non sono mai cambiate. Certo, stare lontani durante gli anni del college non è stata una passeggiata. Lei se l'è spassata molto più di me ed era quasi sempre irraggiungibile. Ma ora anche lei è tornata a Macon e le cose sono, di sicuro, più semplici tra noi. Lavora nell'azienda del padre, tiene la contabilità e guadagna parecchio. Da quel che ne so, il padre ha un fatturato a nove zeri. Sono tra i più grandi produttori di macchinari agricoli degli Stati Uniti meridionali.

Vanessa entra in casa e Jimmy la saluta timido con un cenno della mano. Distoglie appena gli occhi da una rivista e io non capisco se non si avvicina a Vanessa per timidezza o perché è un tipo piuttosto solitario, uno di quelli che non vedono di buon occhio avere altra gente in casa.

Facciamo un rapido tour della casa e poi la porto nella mia stanza.

«Che ne pensi?»

Lei dà un'ultima occhiata alle pareti e al soffitto. «Sembra pulito.»

«Tutto qui?»

«La pulizia è molto importante» ridacchia lei.

«Va bene, dai, andiamo a pranzo!»

«Dovrai passare sul mio cadavere» esclama con un'enfasi insolita.

Alzo il sopracciglio, sorpreso. «Che succede?»

«Dobbiamo sistemare gli scatoli, svuotarli e ordinare questa camera. Se non lo fai oggi, vivrai nel caos per chissà quanto tempo.»

«Odio te e la tua fissa per l'ordine.»

«Mi ringrazierai.» Un lungo sorriso esultante si fa largo sul suo volto perché sa già che non protesterò.

I miei propositi per il pranzo sono andati in fumo e adesso mi tocca davvero disfare le valigie.

Per fortuna, due ore dopo siamo entrambi sdraiati sul letto di una camera che, adesso, riconosco come mia. Il poster dei Nickelback campeggia sulla porta. Non che li ascolti ancora, ma è il primo poster che ho comprato e il mio carattere nostalgico mi ha portato ad appenderlo nella mia nuova stanza. Il microscopio è stato rimontato nei pressi della finestra a ghigliottina che dà sul retro della casa. Sulla scrivania, adesso, c'è il mio laptop e la mia collezione di miniature de "Il signore degli anelli".

«Ti piace qui?» chiede lei, giocherellando coi suoi ricci corvini.

«Mi sembra ancora troppo presto per dirlo. Però mi sento emozionato.»

«Sono sicura che questa svolta ti aiuterà a mettere la tua vita in carreggiata...»

La guardo con una certa perplessità. «Cosa intendi, Van?»

«Niente» dice lei, evasiva. Poi sorride e mi prende la mano. «Andiamo a mangiare qualcosa.»

Dopo il tramonto, il caldo estivo della Georgia si fa ancora sentire sulla pelle. Credo che oggi l'umidità sia da record, ma la pancia piena e le ore di chiacchiere passate insieme a Vanessa mi hanno dato la carica. Nulla riuscirà ad abbattermi, nemmeno la stanchezza per le fatiche della giornata. Rientro in casa, con la testa per aria. Già pregusto una doccia rigenerante. Dopo essere entrato, però, mi accorgo che Jimmy non è da solo, ma anche che Jimmy non è più Jimmy! Ha indossato un abito da donna e sì, è davvero truccato da drag. Faceva sul serio quando mi aveva chiesto quale fosse il mio rapporto con i travestiti.

«Wow» dico io e gli rivolgo un sorriso convinto. Ignoro del tutto il suo amico che se ne sta appoggiato a un pilastro.

«Thomas, ti presento... Sasha Sparks!» dice Jimmy e ricambia il mio sorriso.

Io sono senza parole. Ha una parrucca voluminosa, argentata, e un vestito in tinta. Il trucco è impressionante, sul serio. Non fosse per la parrucca così poco naturale, potrei davvero ingannarmi e credere di stare parlando con una donna.

«Sei stupendo... O dovrei dire stupenda? Oddio, non lo so.»

Jimmy sogghigna. «Chiamami come vuoi, tesoro.»

Lo guardo sbalordito: il trucco sembra avergli sciolto la lingua.

«Ti presento Eric» dice lui e indica con un dito il ragazzo che è presente nel nostro salone e che io non avevo ancora degnato di uno sguardo.

«Ciao» esordisce Eric. È un ragazzo di altezza media, molto magro, con un completo grigio che lo invecchia più del dovuto.

«Ciao, Eric, sono Thomas. State per uscire?»

A rispondermi è Jimmy: «Stiamo andando al "The Hole", il locale in cui mi esibisco. Ti va di venire?»

Rimango interdetto per alcuni istanti. «Oh, no...» riesco ad articolare alla fine. «I locali gay non sono proprio la mia... il mio... Cioè, non ci sono mai stato. Non penso che mi troverei bene.»

Eric mi guarda incuriosito, Jimmy si stringe nelle spalle.

Approfitto del silenzio generato dal mio balbettio per togliermi dall'imbarazzo. «Sono stanco morto. Vado sopra a farmi una doccia. Buona serata, allora.» Chino la testa per congedarmi e mi avvio per le scale. Prima di essere troppo distante, però, li sento parlare di me.

«Dai, che voleva dire? Che non è gay?» Questo è Eric.

«Non lo so. Pensavo lo fosse, ma non ne abbiamo veramente parlato...»

«Per me lo è. È pure carino, se me lo lasci dire.»

Loro sghignazzano in lontananza e la mia testa ritorna a naufragare tra i pensieri. Io non sono gay. Forse, però, non sono nemmeno non gay. Non mi è mai capitato di stare con qualcuno o di prendere una cotta. Credo questo sia il motivo per cui Vanessa spera che la mia vita cambi in fretta. Magari è preoccupata perché non ho mai mostrato interesse per nessuna ragazza e non ho mai avuto una relazione sentimentale, sebbene ormai sia vicino a compiere ventitré anni.

APRI IL TUO CUORE

La settimana è stata pesantissima. Tantissime signore di mezza età hanno portato a riparare il pc in negozio e quasi tutte mi hanno tempestato di domande inutili. "Mi scusi, come si accede all'email?", "Mi può spiegare come installare gli aggiornamenti del pc", "Come si cancella la cronologia?".

È assurdo che esista gente disposta a pagare per avere delle risposte così semplici e, senz'altro, a portata di clic. D'altra parte, meglio un lavoro noioso che uno troppo complesso. E poi dicono che le macchine sostituiranno le persone. Esiste ancora gente che preferisce chiedere aiuto ai tecnici piuttosto che a Google.

È sabato sera, sono appena tornato nella mia stravagante casa gialla e ho un dolore alle tempie che mi impedisce quasi di ricordare il mio nome. So di dover essere cauto oggi. Nel fine settimana Jimmy si trasforma in Sasha Sparks per andare a fare il suo spettacolo al "The Hole". Ma il mio terrore non è tanto quello di vedere il mio coinquilino in un abito striminzito che mette in mostra le sue tette di lattice quanto quello di incontrare di nuovo il suo amico, Eric. Lo stesso Eric che pensa che io sia gay e che sia carino, da quel che sono riuscito a captare quando ho origliato la loro conversazione.

Le sue parole continuano a echeggiare nella mia testa. Cosa lo ha spinto a parlare a quel modo? Ho modi effemminati? A me sembra di essere così tanto diverso da Jimmy. Non mi travesto, non ho i dilatatori, non indosso canotte larghe che lasciano intravedere la schiena e i fianchi. Sono così anonimo. Mi rendo conto, tuttavia, che sbaglio a ritenere il mio essere anonimo come una grande qualità. Semmai, dovrei dire che sono una vera noia. Sì, sono una persona noiosa, che si porta dietro un sacco di tare mentali e che sì, forse ha pure bisogno di aprire di più la mente alla diversità. Se non altro perché non sono sicuro di non essere gay.

Non mi sono mai innamorato, anche se ho passato da un pezzo l'età delle prime cotte. È strano. Non ho bisogno che Vanessa me lo ricordi per comprendere quanto tutta questa situazione sia insolita. E so che tutte le persone che tengono a me si chiedono cosa ci sia dietro a questa strana inattività sentimentale. Magari credono che io nasconda loro qualcosa. Ma la verità è che non è mai accaduto niente da quel punto di vista. Mai mi sono sentito innamorato di qualcuno. Anche se, forse, non mi è nemmeno chiaro cosa si provi quando ci si innamora. È una di quelle cose che nessuno è in grado di spiegare a parole. Un po' come il sesso. Perché se ne parli così tanto, è rimasto un mistero ai miei occhi. Sono, infatti, riuscito nell'ardua impresa di finire il college senza perdere la verginità.

«Ehi, Jimmy» dico. Lo vedo avvicinarsi a me, che sono rimasto imbambolato nell'ingresso. Sfila in tacco dodici, con le chiavi della sua auto in mano. Sono sollevato: oggi non è venuto a prenderlo Eric.

«Ehi, baby.» Lui sorride. Ha una parrucca afro che mi ricorda all'istante Tisha Campbell-Martin.

«Salgo sopra. Ho troppo mal di testa.»

«Passi ancora una volta il sabato sera in camera tua?»

Sento apprensione nella sua voce. Non posso dire che siamo diventati amici, ma siamo cordiali l'un l'altro e so che sarebbe una buona mossa conoscere il mio coinquilino meglio. C'è sempre bisogno di amici nella vita, dopotutto. Eppure, il discorso che ha fatto con Eric mi ha confuso. Temo che possa farsi strane idee e credere che io voglia provarci con lui o che in generale io sia attratto dai ragazzi.

«Sì, sono stremato.»

«Ti va se domani passiamo un po' di tempo insieme. Dovremmo conoscerci un po' meglio...» dice lui, le sue labbra rosso carminio si increspano in un lieve sorriso.

«Va bene!» rispondo con una voce che, mio malgrado, suona allarmata. «Cosa pensavi di fare?»

«Pranziamo insieme, vediamo un film... Che ne so. Non mi piace l'idea di convivere con uno sconosciuto.»

Certo, ma cosa mi passava in mente? Che mi proponesse un festino BDSM?

Rimango in silenzio, abbasso la testa e lo saluto con la mano. Lui si allontana rapido sui tacchi, con una disinvoltura da fare invidia. Non posso tirarmi indietro, dunque: domani parlerò con Jimmy e chissà cosa uscirà fuori dalla nostra discussione.

Arriva il fatidico momento. Dopo una settimana di convivenza, io e Jimmy, per la prima volta, pranzeremo insieme. Sembra strano ma non è mai capitato in questi giorni. Lui si sveglia tardi e, di solito, non mangia prima delle tre. Io, invece, pranzo quasi tutti i giorni fuori di casa, nella saletta degli impiegati nel retro del negozio di tecnologia dove lavoro.

Ha cucinato per me e, devo ammetterlo, la trovo una figata. Non mi sarei mai aspettato che si sarebbe messo ai fornelli per me. In fondo, non ha mai cucinato nessuno per me. A parte mia madre, si intende.

Mi gratto la barba, lui si avvicina al tavolino rotondo e traballante sul quale ci godremo il suo polpettone con contorno di insalata di cavolo.

Sono eccitato e nervoso insieme. Mi piacerebbe diventare amico di Jimmy ma ho paura che stare troppo vicino a una persona apertamente queer mi costringerà a indagare su me stesso. E io ho una paura fottuta di scoprire cosa si nasconda nei meandri della mia mente.

«Ha un aspetto delizioso» dico e inizio a tagliare il polpettone in fettine sottili.

Il pranzo procede senza intoppi. Parlare con il mio coinquilino è piacevole. Condividiamo molti interessi. Anche lui ama "Il signore degli anelli" e, ora che ci penso, trovo che assomigli un po' a Elijah Wood, l'interprete di Frodo. Questo commento, però, lo tengo per me. Forse non è un paragone che gli farebbe piacere.

«Ma quando hai iniziato a fare spettacoli drag?» gli domando, a un certo punto. Devo ammettere di essere rimasto colpito dalla sua abilità nel trasformarsi in Sasha Sparks.

«Mmh… Forse tre o quattro anni fa. All'inizio, era solo un passatempo. Postavo dei video su youtube.»

«Che tipo di video?»

«Ecco... come spiegartelo? Mi mettevo una parrucca, mi truccavo alla meno peggio e iniziavo a far finta di cantare con in sottofondo una canzone di Christina Aguilera o di Britney Spears.»

«Far finta di cantare?» Non ho afferrato.

«Si dice "lipsync". Muovi le labbra come se stessi cantando e interpreti la canzone. Anche se... beh... quella che si sente è la voce dell'artista che ha inciso il brano.»

Annuisco lento. Sto per dirgli che non amo in modo particolare nessuna delle due popstar che ha citato, ma lui mi anticipa e mi rivolge per la prima volta una domanda personale: «Stai con qualcuno? Vanessa è la tua...»

«No, è solo un'amica» preciso all'istante. Gli rivolgo un sorriso incerto. «Sai, non so se è il caso di parlartene.»

Lui mi rivolge uno sguardo incuriosito. «Puoi dirmi tutto. Le drag queen non giudicano mai.»

Sospiro. «Non sono mai stato con nessuno.» Alla fine ce l'ho fatta. Ho deciso di essere sincero. Mi sono convinto che tra di noi le cose dovranno essere chiare da subito. Vorrei tanto che il mio rapporto con Jimmy decolli: ho così tanto bisogno di nuovi amici nella mia vita. Non posso pensare che Vanessa e i miei genitori debbano restare tutto il mio mondo per sempre.

«Nessuno? Nessuno nessuno?»

Lui ha una faccia inebetita, quasi comica. Io sorrido imbarazzato e provo ad aggiungere qualche dettaglio. «Non ho mai preso una cotta per nessuno. Non è che mi abbiano rifiutato tutti... È solo che, fino a questo momento, mi è sembrato di stare bene da solo. Non lo so... un po' mi vergogno.»

«No, cioè... Okay.» Jimmy fatica a mettere in ordine le idee. «Amico, non ti preoccupare. Ci sono due spiegazioni possibili... O non è ancora arrivato il tuo momento. Cioè, forse devi ancora incontrare la persona che ti fa smuovere qualcosa dentro... Oppure, beh... oppure sei asessuato.» Ridacchia un po', per smorzare il tono della conversazione.

Io sospiro ancora, stringo le braccia al petto. Sono pensieroso. «Posso essere totalmente onesto?» Parlo con una voce tremante di cui mi vergogno all'istante.

Lui rimane immobile e poi annuisce piano.

«Vi ho sentiti parlare l'altro sabato. Eric ti ha detto che pensava che io fossi gay...»

«Ah.» Lui alza gli occhi e arrossisce.

Ce l'ha con Eric per la battuta inopportuna?

«Pensi che sia possibile?» Glielo chiedo in un soffio. Mi viene voglia di rimangiare tutto prima ancora di aver pronunciato l'ultima parola. Ho sganciato una bomba, senza nemmeno ragionarci.

Che poi, a pensarci bene, è proprio questo il modo in cui ci si dovrebbe togliere un peso dallo stomaco.

Jimmy apre la bocca più volte, dubbioso. «Amico, potrebbe anche essere. Ne conosco di persone che ci mettono un po' ad accettarsi. Però mi sembra comunque strano che tu non abbia mai provato niente per nessuno. Una pulsione, un briciolo di eccitazione. Cazzo, hai passato l'adolescenza anche tu. Sai di cosa parlo.»

Non riesco a trattenermi: scoppio a ridere. Jimmy è davvero comico quando si imbarazza. Le sue guance diventano rosse e la sua voce si fa più sottile.

«Non pensavo di essere in grado di fare imbarazzare una drag queen» dico. Provo a cambiare discorso. Preferisco non approfondire l'argomento. Anche perché so di aver detto una bugia. Non è vero che non ho mai provato pulsioni sessuali. Prima di parlare con Jimmy, però, mi ero costretto a dimenticare gli anni della mia adolescenza e i primi momenti in cui mi sono reso conto di provare una certa fascinazione per il corpo maschile.

Soltanto un'ora fa mi auguravo di non scavare nella mia psiche e ora mi trovo a parlare della mia sessualità con uno sconosciuto. *Che cosa diavolo mi è preso?*

Sprofondo nei miei pensieri, lui si mette in piedi e si avvicina allo stereo. Ha uno stereo nuovissimo, con display digitale e due casse enormi, proprio accanto alla televisione. Traffica alcuni istanti e poi parte la musica. È una canzone di Madonna, anche se ci metto diversi attimi a riconoscerla. Non è una di quelle recenti.

Jimmy mi fissa serio. «Conosci questa canzone? Si chiama "Open your heart". L'ho messa per dirti che, quando vuoi parlare di qualcosa, il vecchio Jimmy è qui. Questo è uno spazio sicuro, okay?»

Lo guardo e chino il capo, riconoscente. Ci metto un po' prima di parlare di nuovo. Dopo quelli che mi sembrano decenni, riesco, infine, a dire: «Senti, una di queste sere voglio venire al "The Hole" con te.»

Gli occhi di Jimmy luccicano. Lui sorride e inizia a ballare come un ossesso. Madonna canta *"I think that you're afraid to look in my eyes. You look a little sad boy. I wonder why."*

IL BUCO

Ho riflettuto a lungo. Non sono affatto convinto di aver preso la decisione giusta quando ho chiesto a Jimmy di portarmi con sé al "The Hole". Sarà la mia primissima volta in un locale gay. Quest'esperienza – lo so già – si trasformerà in una sorta di terapia d'urto.

Sono anni che mi domando cosa ha in serbo per me il futuro dal punto di vista sentimentale. Anche se ho mentito a Jimmy sulla questione, da ragazzino mi ero convinto di essere gay. Sfogliavo i giornaletti per adolescenti e fantasticavo su Zac Efron. Per di più, quando mi infilavo nello spogliatoio coi miei compagni di classe provavo sempre una sensazione strana.

Però, dagli anni della mia adolescenza ne è passata di acqua sotto ai ponti. Sono passati anni in cui non mi sono mai innamorato, né di un uomo né di una donna. Per quanto possa sembrare assurdo, ho vissuto bene con me, con il mio corpo e con la mia mente, senza sentire nemmeno troppo il bisogno di conoscere il mondo della sessualità. Sono sicuro, tuttavia, che, se mi aprissi sull'argomento con la mia migliore amica, lei mi direbbe che mi sono forzato a reprimere una parte di me. Qualche volta con Vanessa si è parlato di omosessualità e lei mi ha sempre fatto capire che per lei non sarebbe un problema se le dicessi di essere gay. Anzi, credo che non aspetti altro. Mi ha detto più volte che vuole che viva la mia vita appieno e che non posso farlo se ho troppa paura di accettare me stesso. Non si è davvero parlato di sesso o di orientamento sessuale, ma il nocciolo della questione mi era fin troppo chiaro. E anche tutti i sottintesi nelle parole di Vanessa.

«Thomas, sei pronto?» È Jimmy. Dopo alcuni istanti apre la porta. Si è già trasformato nella sua "drag-persona", Sasha Sparks. Oggi ha una parrucca bionda che ricorda i capelli di Britney Spears nel video "Work Bitch".

«Mmh...» riesco a dire, dopo alcuni attimi di esitazione. Ho indossato una t-shirt bianca e un paio di jeans neri. Niente di troppo pretenzioso. La sobrietà è la chiave del mio debutto nel mondo delle discoteche gay.

«Oh... mi piace. Molto classico! Ti fa risaltare il viso questo look.»

Lancio un'occhiataccia a Jimmy. Non so perché ma mi infastidisce che mi dia una sua opinione su come mi sono vestito. Mi rendo conto di essere un tipo difficile. Lui è sempre gentile con me e io non so mai bene come comportarmi. Alla fine, dopo aver dondolato incerto sul posto per alcuni secondi, decido che è tempo di andare.

Il "The Hole" è un locale chiassoso, con luci soffuse e un piccolo palchetto in fondo alla sala. Mi sento davvero fuori luogo in un posto così diverso da quelli che frequento di solito. Seg5uo a ruota Jimmy e mi immergo tra la folla. Sembra che lo conoscano tutti. Dopo un paio di metri, lui ha già salutato e abbracciato mezzo locale. Osservare Jimmy è un po' come osservare la persona che non sarò mai. Non sono stato un tipo popolare al liceo e lo sono ancora meno adesso che penso soltanto a come sopravvivere a questa serata in discoteca.

«Ora, io vado un attimo in camerino prima della mia esibizione. Posso lasciarti solo qualche minuto?» mi dice Jimmy. Pare abbia finito i conoscenti.

Lo fisso intimorito per qualche secondo e annuisco. Come avevo detto: di terapia d'urto si tratta. Anche rimanere qualche minuto da solo in una discoteca gay mi permetterà di capire qualcosa su di me. O almeno lo spero.

Mi guardo intorno, con una finta nonchalance e l'aria volutamente annoiata. *Chissà se riesco a darla a bere a qualcuno?*

Nel locale risuona un remix di "Call Your Girlfriend" di Robyn. Non è male, anche se avrei preferito qualcosa di più soft. Soprattutto, avrei preferito un volume un po' più moderato, giusto per ambientarmi meglio.

C'è molta gente, malgrado il locale sia piccolo. Vicino a me una ragazza con una camicia hawaiana sta sorseggiando un drink con un ombrellino dai colori dell'arcobaleno. Una ragazza mora si avvicina a quella con la camicia hawaiana e la bacia sul collo. Rimango di stucco a fissarle. È un bacio seducente, anche se molto veloce. Sorrido come un ebete. Mi sembrano bellissime, così libere e disinibite, una vicina all'altra. Vorrei poter vivere un attimo di quella felicità che leggo nei loro occhi.

«Sei nuovo?» Mi chiede la ragazza con la camicia hawaiana. A quanto pare si è accorta che le stavo guardando e ha deciso di rompere il ghiaccio. Forse le sono sembrato uno strambo oppure un pervertito.

«Del locale?»

Lei annuisce. Ha i capelli corti, biondo platino e un trucco pesante attorno agli occhi. La ragazza che le balla a pochi passi di distanza, la stessa che l'ha baciata, invece, è struccata e ha i capelli lunghi e disordinati.

«Sì. Sono un amico di Jimmy…»

«Chi?»

«Sasha Sparks» mi correggo. È così che lo conoscono al "The Hole", dopotutto.

Lei annuisce. «Sasha è uno spettacolo.» Poi lancia un'occhiata dietro di me. Incuriosito, non posso fare a meno di voltarmi. In quello stesso momento Sasha appare sul palchetto e parte in sottofondo "On the floor" di Jennifer Lopez.

Sasha avanza sui tacchi, batte a ritmo le mani. La gente alza i bicchieri e applaude. Lei inizia la sua esibizione, sincronizzando le labbra alla voce registrata di J-Lo. Durante l'esibizione, un ragazzo di colore senza maglietta compare alle spalle di Sasha e i due iniziano a strusciarsi l'uno contro l'altra in modo sensuale. Non so se ridere, esserne disgustato oppure lasciarmi andare e godermi quel pizzico di eccitazione che mi dà quella scena.

Una volta finita la canzone, Sasha afferra il microfono e si rivolge al pubblico.

«Come state, amici? State passando un bel sabato sera?» Molti urlano "Sì", qualcuno, da lontano, un "Sei fantastica, tesoro".

Sasha ridacchia e poi riprende. «Volevo invitarvi a godervi la serata, ma soprattutto volevo dirvi di... Dare il benvenuto al mio amico Thomas! È il mio coinquilino ed è la prima volta che entra in una disco gay, quindi non lo turbate troppo.»

Sasha continua a ridere, io mi copro la faccia con le mani. Immagino di essere diventato di mille colori per l'imbarazzo. Mai mi sarei aspettato che Jimmy mi avrebbe messo così tanto in difficoltà.

Dopo qualche secondo mi convinco ad aprire gli occhi e mi rendo conto che in tanti mi stanno guardando. Qualcuno sorride, qualcuno mi lancia un'occhiata incuriosita, la maggior parte, però, perde subito interesse. In fin dei conti, sono soltanto l'amico di una drag, mica un fenomeno da baraccone. E nemmeno un aitante stallone, aggiungerei. In giro ci sono ragazzi bellissimi e quasi tutti con vestiti aderenti o senza maglietta. Capisco perché gli sguardi dei presenti non indugino molto su di me.

Sospiro e provo a tranquillizzarmi. Mi volto e faccio per andare verso il bar ma finisco per inciampare. Ho pestato il piede a qualcuno e adesso mi ritrovo sul pavimento. Sono proprio ridicolo. E meno male che non volevo attirare l'attenzione.

«Stai attento» dice la ragazza coi capelli platino. Sì, devo avere pestato i suoi piedi. Per fortuna il suo tono è bonario, quasi materno, e non stizzito.

In quel momento, però, qualcun altro mi tende una mano per rialzarmi. «Grazie» dico pianissimo e mi lascio tirare su.

«Stai tranquillo. Non c'è bisogno di essere imbarazzati.»

Guardo l'uomo che mi ha aiutato. È sulla trentina. Ha due spalle colossali e un ciuffo piastrato che ricade sulla fronte. Ha gli occhi nocciola e dei lineamenti virili. Resto immobile per un tempo che ritengo interminabile. Qualcosa mi si smuove nello stomaco e non ci metto molto a capire che in me qualcosa è scattato. Sì, trovo affascinante questo lui, questo lui del mistero che mi ha tirato su con una forza impressionante.

«Gr... Grazie» riesco, infine, a biascicare, desideroso di scappare da lì il più in fretta possibile. Ho paura di me stesso e dell'effetto che questa serata e che quest'uomo possa avere su di me. Alla faccia della terapia d'urto, io sono un fifone patentato.

CHIAMAMI... SE TI VA

Continuo a fissarlo, incapace di ritornare in me. È come se fosse diventato fisicamente impossibile staccargli gli occhi di dosso. E sì, lo so, sono ridicolo.

«Tutto bene?» È l'uomo del mistero a parlare. Devo sembrargli piuttosto scosso, con la mia aria imbambolata e lo sguardo fisso.

Sospiro ancora una volta e cerco di darmi un contegno. «S... Sì, grazie.»

«Non ti preoccupare» dice lui e mi sorride appena. Non so se è un sorriso rassicurante o se è dettato dall'imbarazzo di interloquire con qualcuno che ti fissa in modo così invadente.

«Mi chiamo Thomas» gli dico. Sì, lo so. Stavolta riesco a fare appello a tutto il coraggio che mi è mancato negli ultimi minuti, forse addirittura negli ultimi anni. Gli offro la mano, non sapendo se è la cosa giusta da fare o se questo atteggiamento mi farà apparire ancora più patetico.

Lui mi lancia un'occhiata indagatrice, quando vede la mia mano tendersi verso di lui. Mi guarda in un modo che mi fa sentire così piccolo e indifeso che ho di nuovo voglia di scomparire. Sto per ritirare la mano, ma ecco che lui la accetta e la stringe nella sua. E la sua è una stretta poderosa.

«Io sono Alex.» Ci ha messo un po' prima di rispondere e io ho temuto di aver fatto una gaffe irrimediabile.

Stringe forte la mia mano, ma non è una sensazione spiacevole. La sua pelle calda mi fa sentire intontito: provo un'emozione che non pensavo potesse scattare da una semplice stretta di mano. Continuo a guardarlo e mi rendo conto che, piano piano, sto iniziando ad accettare di provare qualcosa per un uomo. Forse l'ho sempre saputo e mi sono nascosto. Non mi va di psicanalizzarmi, però. Di certo, non mi va di perdere tempo a riflettere adesso.

Magari è stata l'apparizione di Alex a sbloccare qualcosa dentro di me.

«Vuoi qualcosa da bere? Stavo andando a ordinare» dice lui. È rilassato, ha abbassato le spalle e sembra la persona più sicura sulla faccia del pianeta. È così diverso da me.

Annuisco, anche se ho paura di bere. Gli alcolici potrebbero farmi perdere davvero la lucidità e rendermi ancora più goffo di quanto non lo sia già.

Alla fine prendo un Cuba Libre e lui un Mojito. Soppeso il bicchiere ghiacciato sulla mano e mi auguro che il rhum riesca nell'impresa di sciogliermi un poco.

«Sei da solo?» chiedo ad Alex, che, da qualche attimo, sta controllando il display del cellulare.

Lui si volta verso di me e accenna una risata poco convinta. «A quanto pare, i miei amici sono in ritardo.» Sbuffa, ha la faccia delusa.

«Mi dispiace.»

«Oh, figurati. Ci sono abituato. In realtà non avevo nemmeno troppa voglia di venire qui.»

«Che cosa fai di solito il sabato sera?»

Alex mi rivolge un'altra occhiata incuriosita. Mio malgrado, temo che si stia domandando se sono abbastanza affascinante per i suoi gusti.

«Spesso resto a casa. Domenica ho il turno di mattina presto, quindi evito di fare tardi. Infatti, penso che andrò via a breve.»

Controllo l'orologio. Sono le dieci e venticinque: Alex non deve essere un animale notturno. Oppure non ha trovato quello che sperava di trovare e la mia compagnia non è abbastanza intrigante per farlo rimanere al "The Hole".

«Dove lavori?» Mi pento subito della domanda. Ho il timore di essere stato indiscreto. Mi mordo il labbro, imbarazzato, e valuto la possibilità di rimangiarmi tutto ma lui mi risponde ancora una volta.

«Da Starbucks. Passo le mie giornate preparando frappuccini» ridacchia. Non è turbato dalla domanda. Anzi, da qualche attimo ha rimesso il telefono in tasca e mi guarda negli occhi. Sento che potrei morire da un momento all'altro.

«Okay. Figo.» C'è solo uno Starbucks nelle vicinanze, quindi so dove potrei andarlo a trovare, se mi venisse voglia di rendermi ancora più ridicolo e appiccicoso.

«Figo?» Stavolta la sua è una risata convinta. «Senti, Thomas... che te ne pare del locale? Come mai non ti ho mai visto qui?»

Io mando giù un'altra sorsata di Cuba Libre e provo a rispondere. «Beh... Non ho mai capito molto della mia sessualità. Diciamo che Jimmy mi ha dato una spinta e ora sto provando a mettermi in gioco.» *Che risposta idiota. Ma come mi salta in testa di parlare dei miei problemi più intimi dopo appena cinque secondi che parlo con un ragazzo?*

Gli occhi di Alex brillano. «Oh, non farmi ridere. Quanti anni hai? Vuoi dirmi che non hai mai avuto esperienze...?»

Impallidisco. Stavolta penso che lui sia andato un po' troppo sul personale. Esperienze? Davvero allude a quello che penso io. Non so se essere offeso da quello che ha detto o pensare che essere diretto –

diretto in modo eccessivo – fa soltanto parte del suo carattere.

«Ho ventitré anni. E... no... non ho mai avuto mai esperienze. Né con donne né con uomini. Interessante, vero?»

Lui rimane in silenzio per qualche attimo, poi mi appoggia una mano sulla spalla. Quel semplice tocco mi dà un'altra scarica di elettricità. «Sei un caso unico, Thomas. Fammi sapere poi se comprendi qualcosa in più di te e su quello che... Beh... che ti piace.» Mi accarezza a lungo il braccio e mi fa venire la pelle d'oca. Poi mi guarda un'ultima volta. «Adesso vado a casa. Ci sentiamo.»

«Okay...» biascico io, troppo imbarazzato, confuso ed emozionato per ricordarmi che non gli ho dato il mio numero di telefono. "Ci sentiamo", certo, okay, come se fosse semplice. Quando mi riprendo, lui è ormai fuori dal locale. Rimango bloccato sul posto: non ho voglia di inseguirlo sventolando un tovagliolo col mio numero di telefono, né di urlargli di telefonarmi, forse, se gli andrà.

«Bene, bene... Alex ne ha conquistato un altro...»

Le parole arrivano alle mie orecchie come un'eco lontana. Mi sono trasformato in una statua, ma devo riavermi e comprendere chi mi sta parlando. Ci metto non poco per risvegliarmi dai miei sogni a occhi aperti. Riesco a distinguere il volto di Eric, l'amico di Jimmy, a pochi centimetri da me. Lo stesso Eric che ho incontrato la prima sera nella nuova casa, quello che era sicurissimo che fossi gay.

«Lo conosci?»

«Alex?» chiede lui. Si siede sullo sgabello alla mia sinistra. «Lo conosciamo tutti. È un tipo inaccessibile. A me quelli come lui non piacciono. Sembra che ti facciano un piacere solo a rivolgerti la parola. Infatti, mi ha stupito trovarvi a chiacchierare.»

Annuisco. Non so bene che cosa dire.

«Fidati», riprende lui, «non perdere tempo a pensare ad Alex. Per quanto tu possa essere nuovo dell'ambiente, alla tua età dovresti pensare a cose più concrete... Il tempo delle cotte da adolescenti è finito.»

Controllo a stento il mio istinto di rifilargli un pugno. *Che cosa diavolo ne sa di quello che penso e di quello che provo?*

Senza aggiungere una parola, mi decido ad alzarmi. Non voglio avere niente a che fare con Eric, così provo a godermi il resto della serata. Inizio a ballare, da solo, e spero che la musica attenui il pulsare dei pensieri. Ma non posso ingannarmi: so che questa serata ha cambiato la mia vita per sempre.

È bastato un affascinante ragazzo con un taglio anni Duemila per fare capitolare le mie resistenze. Non ho più dubbi. A me piacciono gli uomini. A me piace Alex.

COME DIMENTICARLO?

Come dimenticare Alex? Come dimenticare la serata al "The Hole"?

Mi sono divertito un mondo al locale. Il ricordo dello spettacolo di Jimmy è ancora fresco. Talmente vivido nella mia mente che quando incontro il mio coinquilino in corridoio, rido in modo irrefrenabile. Spero soltanto che lui non si arrabbi. Lo stimo davvero per quello che fa e per la passione che ci mette nei suoi spettacoli.

In questi giorni ho deciso di parlare a Vanessa di quello che è successo sabato sera. Nessuno merita più di lei la mia fiducia e poi ha atteso così tanto prima che riuscissi ad aprirmi con lei. È la mia migliore amica e ha il diritto di sapere cosa sto passando e quello che ho provato durante la mia serata al "The Hole".

Mi sono organizzato per vederla mercoledì sera, dopo il lavoro. Ci siamo dati appuntamenti in un pub della periferia di Macon per un aperitivo. Spero di sentirmi molto più leggero a fine serata. Il timore di cambiare le cose fra me e lei è presente, non posso negarlo. Mi sento in colpa per averle mentito per tutti questi anni. Mi auguro soltanto che lei mi capisca, che sappia perdonarmi per tutto il tempo in cui l'ho tenuta all'oscuro di questa parte di me. D'altra parte, ho mentito a me stesso prima di mentire a lei.

«Quindi, mi volevi parlare di qualcosa?» mi chiede. Sta sgranocchiando alcune patatine con aria distratta. L'interno del locale è tranquillo. Ci sono giusto un paio di avventori che si scolano una birra al bancone e un gruppo di amici che mangia sandwich in un tavolinetto a circa tre metri da dove siamo seduti noi.

«In realtà, Vanessa, credo che il momento sia arrivato» le dico in modo solenne e trattengo a fatica le risate. Quando sono sul punto di crollare per la tensione mi viene sempre da ridere. È strano, lo so, ma non ci posso fare niente. So bene che non c'è niente da ridere.

«Hai deciso di diventare una drag queen come il tuo coinquilino?» scherza lei e mi rivolge un sorriso rassicurante.

«No, Van. Intendo dire che... Dopo tutto questo tempo, oggi ho finalmente il coraggio di parlarti della mia sessualità.»

«Oh...» Vanessa appoggia sul tavolo il Martini che stava sorseggiando e punta i suoi occhi azzurri su di me, attenta, incuriosita. «E io che pensavo che non me ne avresti mai parlato.»

«Sai, è difficile... voglio dire... è stata così dura. E non so nemmeno perché.»

«Stai tranquillo, Tommy. Va tutto bene, qualsiasi cosa tu stia per dirmi.»

«Ecco, sì... L'altra settimana sono stato in un locale gay. Ho deciso di andare con Jimmy perché volevo mettermi alla prova. Volevo capire se davvero provassi qualcosa per gli uomini...» Mi accorgo all'improvviso di stare sudando freddo. Ogni parola esce fuori dalla mia bocca a fatica. Ogni parola mi fa sentire più debole; a breve potrei aver bisogno dell'ossigeno. Affrontare questo discorso è più difficile di quanto avrei mai immaginato.

«Tommy, calmati» mi dice lei e mi accarezza la mano con un gesto materno.

«Okay, sì. Meglio che parlo in fretta, altrimenti non ce la faccio.»

Lei annuisce. Sfoggia un'espressione disinvolta, anche se si vede lontano un miglio che ha compreso l'importanza di questo momento ed è consapevole, come me, che questa chiacchierata rimarrà nella nostra memoria negli anni a venire.

«Quando ero adolescente mi ero convinto di essere... *gay*? Sì, credo che il termine sia quello» ricomincio io. «Poi, però, non ho mai provato sentimenti per nessuno. Ho vissuto bene la mia vita, senza avere delle relazioni, almeno fino a una settimana fa.» Faccio una pausa, riordino i pensieri. «Credo che andare a vivere da solo mi abbia dato una spinta. E poi… come sai, la presenza di Jimmy in casa non poteva che farmi riflettere. Per lui non è un problema essere… *gay*. Così come non è un problema essere una drag queen. Insomma, lo stimo molto per il coraggio che ha. Io ho sempre avuto paura di me stesso e di come le altre persone avrebbero percepito questo mio… modo di essere, insomma. Non so. Ha senso quello che ho detto?»

Vanessa accenna una risata, i suoi occhi brillano. «Sì, ha senso. Penso che anche tu abbia un grande coraggio, Tommy. Hai trovato la forza di analizzarti e la forza di essere onesto con te stesso, quindi non ti vergognare di nulla. Per quanto riguarda noi, non è cambiato assolutamente niente. Avrai sempre un'amica e un'alleata in me.»

La fisso per qualche attimo. Mi sento scombussolato e, allo stesso tempo, avrei voglia di abbracciarla e di piangere sulla sua spalla. Però non posso. Diamine, siamo in pubblico, non posso fare una scenata. È meglio che tiri un bel sospiro di sollievo e mi goda la ritrovata sincerità nel mio rapporto con Vanessa.

«Ora dimmi: hai incontrato qualcuno di carino al "The Hole"?»

«Sei già pronta per questo genere di confidenze?» Mi viene da ridere. E, per mia fortuna, stavolta non è una risata nervosa. «Comunque... Mmh... diciamo che non smetto di pensare a un tipo con cui ho scambiato qualche parola.»

«Oh, sì, voglio sapere tutto della tua *cinderella story*!» replica lei, entusiasta.

«C'è molto poco di romantico in questa storia...»

«Siete passati subito all'atto pratico?»

«Ma cosa dici?» Alzo la voce e arrossisco. «Non intendevo questo. Non c'è stato romanticismo, perché non credo di piacergli. Anzi, penso proprio di averlo lasciato... freddo, indifferente.»

«Oh... ma hai almeno scambiato qualche parola con questo uomo misterioso che ti ha fatto capire una buona volta che ti piacciono i ragazzi?»

«Sì, sì...» Mi guardo intorno, come se sperassi di rivedere Alex al bancone del locale. «È solo che gli ho detto che non ero mai stato con nessuno e che era la prima volta che frequentavo un locale gay e questo lo ha spiazzato. Se ne è andato poco dopo.»

«Niente numero di telefono, quindi?»

«Niente numero di telefono» confermo. «Ho pensato di inseguirlo con un tovagliolo con su scritto il mio numero di telefono. Ma poi ho pensato che facesse troppo "Call me maybe".»

«La canzone di... Carly Rae Jepsen?» chiede lei, con aria meditabonda.

«Quella.»

«Oddio, e chi se la ricorda...»

«Va bene. Non era questo il punto.»

«Giusto» dice lei e i suoi occhi brillano. «Il punto è: com'è quest'uomo? Voglio capire che gusti hai. In tutti questi anni ho sempre sognato il momento in cui avremmo parlato di ragazzi insieme... Oddio, rischio quasi di commuovermi.» Non riesce a finire di parlare che scoppia a ridere.

Le lancio un'occhiataccia, ma decido di rispondere alla domanda comunque. «Come descriverlo? Aveva l'aria di un influencer di Instagram. Il capello piastrato e il ciuffo biondo. Muscoli scolpiti e spalle enormi.»

«Insomma, hai i gusti di un adolescente in calore.» Vanessa inizia a ridere persino in modo più sguaiato di quanto non avesse già fatto fino a un attimo prima. «L'aria da influencer? Il ciuffo piastrato e poi...? Vuoi dirmi che sui social condivide foto dei suoi addominali con frasi a effetto come "Chi la dura, la vince" o cose del genere?»

«Ok, basta. Noi due abbiamo chiuso» dico io perentorio, prima di rendermi conto che, in effetti, non ha tutti i torti. Parlare in questi termini di Alex non gli rende giustizia. Sembra solamente l'ennesimo tipo belloccio che se la tira. Eppure sono certo di aver scorto qualcosa di più quella sera. *Oh, come mi piacerebbe conoscerlo meglio.* Magari capirei anche di non avergli fatto così tanto ribrezzo, come ho creduto dopo che se ne è andato dal "The Hole". Ma forse sto solo fantasticando, perché in fondo mi piacerebbe aver colpito il più bel ragazzo del locale la prima sera in cui ho deciso di vivere appieno me stesso e la mia sessualità.

«Va bene, la smetto» dice Vanessa, anche se continua a ridacchiare tra sé. «Ma che cosa sai di questo bel tipo?»

«A dire la verità, conosco solo il suo nome. Non lo seguo su Instagram, ma… ora che ci penso, Jimmy di sicuro saprà aiutarmi a trovarlo.»

«E tu vuoi… trovarlo? Non pensi di affrettare un po' le cose. Non sono sicura che sia il tipo per te.»

Stringo le braccia al petto, e chino la testa, sconsolato. La verità è che penso che Vanessa abbia ragione e che, anche lo seguissi sui social, lui non mi contatterebbe. *Dovrei contattarlo io?* Sono patetico. Ecco, sì, la mia cifra caratteristica è essere irrimediabilmente e incontrovertibilmente ridicolo. Essere entrato in fissa con Alex non è che l'ennesimo passo falso. Tuttavia, fatico a spiegarmi come riuscirò a dimenticarmi di lui.

Rientro a casa che sono le undici passate. Mi sento stanchissimo e ringrazio il cielo che l'indomani non ho turno di mattina. Appena entro in salone, mi accorgo che Jimmy ha compagnia. C'è Eric, il ragazzo che mi ha messo in guardia su Alex, e un paio di loro amiche. Saluto con un cenno il mio coinquilino, che sta bevendo birra da un enorme bicchiere di carta e mi presento alle ragazze. Mi sforzo di ignorare Eric e faccio per salire al piano di sopra: non vedo l'ora di farmi una doccia e andare a dormire.

«Thomas, posso parlarti?»

Quelle parole mi arrivano addosso come un macigno. Mi immobilizzo e giro la testa in modo quasi robotico. Ogni volta che sento parlare Eric finisco per arrabbiarmi. La prima sera che mi ha visto ha detto a Jimmy che pensava che fossi gay e la cosa non mi è andata giù. Non che avesse torto, ma avrei preferito che non ne parlasse alle mie spalle. L'altra sera, al "The Hole", è venuto a dirmi che Alex è un ragazzo inarrivabile e che farei meglio a evitare tipi come lui. E ora non capisco cosa abbia da dirmi, dal momento che l'ultima volta mi sono allontanato da lui in modo piuttosto brusco.

Eric, però, mi ha già raggiunto. È poco più alto di me, ha la pelle molto chiara, i capelli mossi e uno sguardo aristocratico che mi dà sui nervi.

«Eric, guarda, sono molto stanco…»

«Concedimi due minuti.»

Mi stringo nelle spalle e, alla fine, acconsento a seguirlo fuori, nel vialetto, per fargli compagnia. *"Il tempo di una sigaretta"*, ha detto e non me la sono sentita di dirgli di no.

La serata è umida, anche se un leggero vento mitiga gli effetti del caldo. Osservo le erbacce del giardino; faccio attenzione a non rivolgere nemmeno uno sguardo a Eric. Voglio fargli capire che non c'è alcun bisogno di andare d'accordo. Può essere amico di Jimmy e venire a casa nostra quando vuole. Non per questo io e lui dobbiamo diventare amici, non sta scritto da nessuna parte. O almeno immagino che sia di questo che vuole parlarmi, o una cosa del genere. Forse vuole rimproverarmi per come mi sono allontanato da lui l'altra sera.

«Thomas, volevo dirti che penso tu mi abbia frainteso sabato scorso.» Ha una voce calma, venata da una strana esitazione. La sigaretta brilla nell'oscurità notturna. «Non volevo rovinare il tuo grande momento. Era la prima volta che ti buttavi la mischia, lo capisco. Avresti fatto a meno dei miei commenti su Alex e su quanto sia inutile dare attenzioni ai tipi come lui...»

«Mmh...» Il mio mugugno è tutto quello che avrà da me in questa conversazione.

«Voglio, però, che tu sappia che non mi sono avvicinato per infastidirti. Okay, è ridicolo... Ti faccio antipatia e non riesci nemmeno a guardarmi in faccia, però... La verità è che mi piaci.»

Rimango a bocca aperta, la mia mascella si muove a tale velocità che temo di essermela slogata per la sorpresa. Mi volto a guardare Eric, come se, a un tratto, tutto avesse un senso. O, per meglio dire, come se tutto avesse *più* senso.

«Io... ti piaccio? Ma... nemmeno mi conosci.»

«E tu non conosci Alex» dice lui, sogghignando. «Capita che vedi una persona, le parli appena e capisci che ti interessa.»

«Io...» La mia frase rimane incompiuta: non so davvero cosa dire. Resto a fissarlo imbambolato e sento che la mia faccia sta diventando rossa per la vergogna. *Sai che novità: io che mi imbarazzo.* Che stupido che sono! Non dovrei essere io quello imbarazzato, eppure non posso fare a meno di sentirmi a disagio.

BULLDOG FRANCESI

Continuo a fissare Eric imbambolato, incapace di muovermi o di dire un'altra parola.

«Bene», inizia lui, che nel frattempo ha finito la sigaretta, «era giusto che te ne parlassi, pur sapendo che quello che provo non è ricambiato.»

Io annuisco, ancora irrigidito. È la prima volta che qualcuno mi dice di essere interessato a me. No, forse no. In seconda media c'era stata Sally Elfman. Ricordo ancora il bigliettino rosa con tutti i cuoricini e le frasi sdolcinate. Ma questa situazione è del tutto diversa. Stavolta non mi sento a disagio perché non provo niente per le ragazze, tanto meno per la spigolosa Sally Elfman. Stavolta sono a disagio perché, all'improvviso, vedo Eric e lo trovo attraente. Ho provato una forte antipatia nei suoi confronti, sin dal primo momento in cui ci siamo incrociati, però non posso dire di trovarlo sgradevole. Non dal punto di vista estetico, quanto meno. Non che abbia un mio tipo, ma di solito mi piacciono quelli più alti e più robusti di Eric. E poi odio il modo in cui si veste: solo indumenti firmati. Mi sa tanto di figlio di papà…

Però, ehi, continuo a fissarlo e sento il mio corpo reagire. Sarà che non ho mai avuto esperienze, sarà che mi sento finalmente libero di essere me stesso, ma sono tentato di avvicinarmi a Eric e spingerlo contro il muro. Chissà come sarebbe baciarlo? Chissà come sarebbe dare il mio primo bacio?

Mi sento quasi impazzire e solo in un secondo tempo mi accorgo che Eric si è voltato di spalle e si è avviato verso l'interno della casa.

Esito ancora un attimo, ma, dopo l'ennesima esitazione, mi fermo. Rimango da solo nel giardino. Il sangue mi è arrivato alla testa e ho un leggero capogiro. È troppo presto per dare il mio primo bacio. Sembrerebbe ridicolo da dire, visto che ho ventitré anni, ma vorrei comunque sia qualcosa di speciale. Non vorrei dare un bacio a una persona che non sopporto solo perché la trovo attraente. Non è proprio da me.

Sono passati un paio di giorni dal mio faccia a faccia con Eric e oggi ho deciso di mettermi ai fornelli. Dovevo pur ricambiare il pranzo preparato da Jimmy della settimana scorsa.

«Sono strepitose!» dice Jimmy, dopo avere assaggiato le mie costolette di maiale. «Che salsa hai usato?»

Io sorrido soddisfatto. «Segreto di famiglia. Mia mamma fa una salsa barbecue straordinaria e oggi ho provato a emularla.»

Ci siamo ritrovati insieme per pranzo quasi per caso. Jimmy ha lasciato il suo precedente lavoro da qualche giorno e non ha più motivo di allontanarsi da casa a ora di pranzo. D'altro canto, io oggi inizio il turno alle diciassette.

Sono davvero felice dell'equilibrio che si è creato tra me e il mio coinquilino. Forse non posso ancora definirlo un amico, ma queste prime due settimane di convivenza sono state una partenza incoraggiante.

«Va bene», incomincia lui, «parliamo d'altro. Dimmi che cosa è successo l'altra sera tra te ed Eric. Ti va?»

Io arrossisco e, a un tratto, sento che il mio appetito è venuto meno. Speravo non accadesse, ma non posso nemmeno essere troppo sorpreso. Prima o poi avremmo dovuto parlare di Eric. «Mah... Immagino che tu sappia che...»

«A lui piaci? Confermo.»

«Beh... non credo di provare la stessa cosa.»

«C'entra il tipo che hai conosciuto al The Hole? Alex, mi pare...»

Sospiro. A dire la verità, Alex non è più al centro dei miei pensieri. Ho provato a cercarlo su

Instagram, ma alla fine mi sono arreso. Non ho voluto chiedere a Jimmy una mano a cercarlo. Mi sarei sentito un vero stalker e ho preferito desistere. Per il momento credo che vada bene non affrettare le cose. Almeno credo.

«Sai che non lo so? Alex è il ragazzo più bello che abbia mai visto, ma ci ho parlato... Quanto? Cinque minuti? Cinque minuti in cui mi sono sentito giudicato come se fossi a un concorso di bellezza. Non è proprio simpatico, insomma... Come dire? Ma, d'altra parte, nemmeno Eric è simpatico. Solo che, quando l'ho conosciuto, non ho pensato... "Ehi, è un bel tipo, conosciamolo meglio". Semplicemente non è scattato quell'allarme che invece è scattato con Alex.»

«Wooo, wooo, calma amico» dice Jimmy, che fatica a trattenere una risatina. «Non credevo avessi tutta questa confusione in testa.»

Io alzo gli occhi al cielo e provo a dare una forchettata all'insalata di mais.

«Dammi il telefono» riprende lui.

Io guardo Jimmy stupito, ma eseguo l'ordine. Lo vedo traccheggiare col mio cellulare per qualche attimo e poi me lo restituisce.

«Ho messo il segui ad Alex su Instagram. Hai ragione: è un po' un coglione. Ma penso che avere la possibilità di capire di che tipo si tratta ti aiuterà a capire cosa vuoi davvero. E magari ti aiuterà a superare questa fase iniziale in cui sarai tormentato dagli ormoni e dalle cotte adolescenziali in ritardo.»

«Allora lo conoscevi?»

Jimmy mi strizza l'occhio. «Sasha Sparks conosce tutti, amore.»

«Pensi davvero che capire meglio che tipo sia Alex mi serva?»

«Almeno smetterai di idealizzare qualcuno con cui hai parlato per cinque minuti.»

«Okay...» dico io. Non so davvero cosa dire. Mi ha spiazzato questo gesto di Jimmy. «Ma come conosci Alex? Non mi dire che...»

«No. Io con lui? Non credo proprio. Mi piacciono le persone che se la tirano meno» dice lui, con un tono di voce neutro. «Però conosco parecchia gente che ha avuto rapporti – come dire? – più intimi con lui. Diciamo che non è un tipo inosservato. Sono in tanti a mettergli gli occhi addosso.»

Annuisco. Le poche parole che ha detto sul conto di Alex mi hanno terrorizzato. Eppure, so che non appena avrò il tempo, cercherò di capire meglio da me. *E poi, male che vada, sul suo profilo Instagram sono certo di trovare foto interessanti.* «Grazie. Darò un'occhiata al suo profilo.»

«Posso darti un consiglio, però?»

«Certo, Jimmy. Spara!»

«Dai un'altra chance agli Eric della tua vita. Di bellocci pieni di sé – come lo è Alex - è zeppo il mondo. Eric, invece, è un ragazzo vero.»

«Sai che anche Eric è un po' pieno di sé, vero?» dico io e sorrido, cercando di imprimere bene nella memoria il consiglio che mi ha appena dato.

«Okay, forse un pochino. Ma, Thomas, fidati: non c'è paragone!»

Quella sera stessa non riesco a resistere alla tentazione. Passo al setaccio il profilo di Alex su Instagram. Devo ammettere a malincuore che il profilo è esattamente come lo aveva immaginato Vanessa. Ogni tre foto, due scatti lo ritraggono senza maglietta. Ci sono anche un paio di fotografie in intimo. Le didascalie, tuttavia, non sono male. In meno di mezz'ora spulcio i suoi post e scopro che è un italoamericano di terza generazione, ama l'esercizio fisico (*non l'avrei mai detto*), la fotografia e gli animali. Ha ben tre bulldog francesi, che spesso fanno da sfondo alle sue fotografie.

Tutto di quel profilo mi spingerebbe a catalogare Alex come un egocentrico narcisista dal quale stare alla larga. Eppure… eppure, continuo a guardare le sue foto e mi concentro sugli occhi e sui denti perfetti di questo ragazzo bello da fare impressione, ma, sfortunatamente, troppo consapevole dei suoi mezzi.

Non so cosa mi spinge a farlo, ma, alla fine, mi prendo di coraggio e gli scrivo un messaggio privato. In barba alle convenzioni sociali, in barba al fatto che non abbia ricambiato il mio segui.

Ciao, sono Thomas. Ci siamo parlati cinque minuti al The Hole. Bel profilo! I tuoi cani sono adorabili.

Lo so, lo so benissimo: il messaggio è ridicolo. Non mi importa, però. Faccio un sospiro e poso il telefono, sicuro che non otterrò mai una risposta. Indosso il pigiama, pronto per dormire, ma ecco che sento la notifica di un messaggio.

Sblocco il display alla velocità della luce, ma rimango deluso quando vedo che non c'è alcuna risposta di Alex. Ho una richiesta di messaggio da parte di... Eric! Eccolo: il destino che ti ricorda che stai sbagliando, che ti stai focalizzando sul ragazzo sbagliato.

Ciao, Thomas. Come stai? Domani sera sono a casa tua. Jimmy ha organizzato una serata film con le nostre amiche. Vedremo "La La Land"... Okay, non è recentissimo, ma non l'ho mai visto e Jimmy vuole farmelo recuperare. Mi piacerebbe se ti aggiungessi a noi. Sarebbe carino se, malgrado tutto, riuscissimo a diventare amici. Se non altro perché sono spesso da voi e voglio evitare situazioni imbarazzanti.

Sono contento che Eric mi abbia mandato questo messaggio. Via messaggi sembra persino simpatico e... gentile! E non me lo aspettavo. Non credevo avrebbe provato a rimediare al nostro inizio burrascoso.

Davvero non hai mai visto La La Land? Comunque nessun problema e nessun imbarazzo. Sarò dei vostri

Uno sbadiglio mi avvisa che la giornata è stata fin troppo lunga e che è il momento di andare a dormire. Tuttavia, un'altra notifica balza ai miei occhi prima di mettere da parte il telefono: Alex. Mi ha risposto. Oddio, non ci credo. Davvero?
Con il cuore che mi batte all'impazzata, apro la chat con Alex.

Scusa, Thomas, ho preso il telefono adesso. Ho ricambiato il follow.
Grazie del messaggio. Sicuramente i miei piccoli bulldog apprezzeranno i tuoi complimenti.
Sono stanco morto adesso (ho staccato da poco di lavorare), ma ti va se ci sentiamo uno di questi giorni?

Mi tiro un pizzicotto da solo per capire se sto sognando. Davvero l'irresistibile e inarrivabile Alex mi ha proposto di sentirci in questi giorni? Okay, forse non significa nulla, ma forse potrebbe anche significare qualcosa. O forse ci sono troppi forse nella mia testa. Riesco a digitare un "Ok" seguito da una faccina sorridente e poi allontano il telefono. Non ho proprio idea di cosa abbia in serbo il futuro per me, ma so che la mia vita è davvero incominciata. Dopo il torpore degli anni passati a nascondermi, adesso sono pronto a vivere la mia adolescenza in ritardo.

CITY OF STARS

Sono appena uscito dalla doccia e inizio a sentire i rumori provenire dal piano di sotto. Jimmy ha invitato Eric e due sue amiche per vedere "La La Land" e io ho accettato di unirmi a loro. Inizio a vestirmi e capisco di avere la testa altrove. Preferirei potermi buttare al letto ad aspettare un messaggio di Alex piuttosto che passare una serata con un ragazzo che soltanto pochi giorni fa ha detto di provare qualcosa per me.

Tuttavia, ho dato la mia parola. Per di più, è troppo patetico persino per i miei standard passare una serata davanti al telefono a sospirare in attesa di un messaggio del ragazzo che mi piace. È proprio vero che la mia adolescenza è arrivata in ritardo. Qualsiasi altro mio coetaneo non contemplerebbe neppure l'ipotesi di rinunciare a una serata con gli amici per rimanere in attesa di un messaggio.

Raggiungo Jimmy e mi presento alle sue due amiche. La prima, Kate, è una ragazza minuta coi capelli scuri, la seconda, Brianna, è una stangona bionda dai lineamenti marcati. Entrambe mi sorridono e mi fanno subito sentire accettato nella combriccola.

Poco prima che inizi il film, guardo un'ultima volta lo schermo del telefono. Spero di trovare un messaggio di Alex, ma resto ancora una volta deluso. Mi ha chiesto se ci saremmo potuti sentire uno di questi giorni e da allora non ho avuto più segni della sua esistenza. Devo rassegnarmi: non faceva sul serio quando lo ha detto. Semmai dovrei avercela con me stesso per essere stato così ingenuo da credergli.

Al momento di prendere posto, mi accorgo di un grosso problema: Jimmy sta mangiando pop corn insieme a Kate, seduto sul tappeto, Brianna è seduta sul divano in modo tale da lasciarmi un'unica possibile posizione, quella accanto a Eric. Grandioso! Spero solo che questa vicinanza forzata non porti a situazioni sgradevoli.

Il film incomincia ed è quel tripudio di emozioni, musica e sogni infranti che mi ha colpito al cuore la prima volta che l'ho visto. Amo Emma Stone e trovo Ryan Gosling dannatamente sexy. La magia delle storie riesce a farmi dimenticare di tutto, persino del silenzio prolungato di Alex. La colonna sonora del film è come un balsamo per le mie preoccupazioni. In qualche modo, per due ore riesco a non pensare a ciò che è successo nelle ultime due settimane né alle ansie e alle incertezze della mia nuova vita.

Il trasloco, il coming out, la serata in disco in cui ho conosciuto Alex e il mio strano rapporto con Eric, il primo ragazzo a cui piaccio e che si decide a dirmelo. Tutto questo scompare per un po', almeno finché senza farlo apposta appoggio la mia mano su quella di Eric.

Lui si volta di scatto, come se fosse stato punto da uno spillo, e io, imbarazzatissimo, ritraggo la mia stupida, sconsiderata mano alla velocità della luce. La mia faccia diventa del colore di una ciliegia e non ho bisogno di specchiarmi per saperlo.

«Scusa» borbotto.

Eric mi guarda con un'espressione stranita, che presto si trasforma quasi in un ghigno di soddisfazione. Si volta e non dà più importanza a quello che è successo. O almeno io credo che se ne sia dimenticato. Anche se so già che la sua smorfia compiaciuta mi tormenterà fino a quando non se ne andrà via.

Da quel momento in poi non riesco a seguire più il film. Penso soltanto a quel contatto. Gli ho sfiorato il dorso della mano per un nanosecondo, però la sensazione è stata tanto piacevole da sconvolgermi. Vorrei accarezzarlo ancora, ma immagino che si tratti di ormoni. Una reazione chimica. Niente su cui valga la pena rimuginare. Eric è carino, ma non è lui il ragazzo per cui ho preso una cotta. Il destino infausto ha voluto che la cotta la prendessi per uno pseudo-influencer di Instagram a cui non importa proprio nulla di me.

Circa mezz'ora dopo la fine del film, sono impegnato in una conversazione con Brianna in merito al colore più adatto di capelli per Emma Stone. Non controllo il cellulare da un po' e mi sento sollevato. A questo punto, però, Eric si avvicina a me, con le chiavi dell'auto in mano e un sorriso malinconico sul volto.

«Devo andare, ragazzi» dice, prima di dare un bacio sulla guancia a Brianna.

Sto per salutarlo, quando lui mi afferra per un gomito. «Mi accompagni alla macchina?»

Io non so come reagire, ma alla fine balbetto quello che a qualcuno potrebbe sembrare un "Sì".

Ci ritroviamo all'esterno, lui fa scattare l'apertura centralizzata della sua nuovissima Audi con il telecomando. *Ma dove li trova tutti questi soldi?*, penso e mi ricordo di non avere mai indagato sulla sua occupazione o sulla famiglia da cui Eric proviene.

«Niente di imbarazzante stasera, vero?» dice lui.

«N-No!»

«Possiamo essere amici, quindi?» Mi fissa con aria tranquilla.

Dio, ma come fa? Io non ce la farei a sfoggiare questa nonchalance con la persona a cui ho dichiarato il mio interesse. Non dopo essere stato respinto. «Sì, credo di sì.»

«Avevate ragione, comunque. È un film fantastico. E adoro la canzone "City of Stars".»

«Peccato che finisca a quel modo…»

«Già…» ridacchia lui. «Spero di avere una storia con un finale migliore di quella del film…»

«Cosa?» replico io, allarmato. Temo che mi voglia portare in un campo minato. Non è il caso di parlare di sentimenti e storie d'amore. Soprattutto non è il caso che ne parli con me.

«Niente, stavo parlando del film.»

Annuisco. «Allora ciao.»

«Ciao, Thomas» replica lui, avvicinandosi a me. Mi sale il terrore quando la sua faccia si avvicina minacciosa alla mia. Mi dà un bacio sulla guancia. Lo stesso tipo di bacio che ha dato alle sue amiche. Senza fermarsi a guardarmi, si allontana da me e monta in macchina. Poco dopo si è già allontanato dalla villetta e di lui resta solo la scia luminosa lasciata dai fanali posteriori dell'Audi.

Sono freddo, congelato. Quel momento mi ha spaventato a morte. Ho avuto il timore che volesse baciarmi senza chiedere il permesso. Ho avuto paura che rubasse il mio primo bacio in assoluto. È strano, ho ventitré anni, eppure ho più paura del primo bacio che voglia di darmi da fare. Sì, devo essere proprio strano.

Mi incammino per il giardino. Ho paura di baciarlo? Ma perché penso a baciarlo? A me Eric non piace proprio. È troppo superbo e non fa altro che ostentare il suo benessere economico. No, Eric deve rimanere nella zona amici.

Il giorno dopo, durante la pausa pranzo, sono seduto al tavolino del retro del negozio di elettronica in cui lavoro. Davanti a me un triste sandwich con il tonno e il formaggio e alle orecchie le cuffie. Ascolto un podcast di una scrittrice che amo e cerco di non pensare all'interminabile pomeriggio che mi attende. Chissà quanti virus dovrò eliminare dai computer dei clienti più sprovveduti?

Bip!

È un messaggio privato su Instagram. Per un attimo il mio cuore spera che sia Alex. Poi mi convinco che non esiste nemmeno una minima possibilità che si tratti di lui. Ma... mi sbaglio! È proprio Alex.

Stasera sei libero? Ci prendiamo qualcosa da bere?

Nessun "ciao", nessuna faccina. Va dritto al punto, eppure questo messaggio secco è la cosa migliore della mia giornata. Aspetto circa un minuto prima di rispondere. Alla fine, però, le mie dita scorrono veloci sulla tastiera, desiderose di sfruttare l'occasione.

Ciao, Alex! Okay, sono libero. Dove ci vediamo?

In pochi minuti ci mettiamo d'accordo per vederci in un locale poco distante dal centro commerciale in cui lavoro.

Faccio per chiudere Instagram e noto che ormai mancano solo sette minuti all'inizio del mio turno, quando l'occhio mi cade sul nuovo post di Eric. È una foto di lui, insieme a Kate e Brianna. Le due ragazze lo abbracciano stretto e lui sorride verso l'obiettivo. Ha i capelli arruffati e una semplice T-Shirt grigia. Non è male senza quell'aria da perfettino e senza quel sorriso tronfio che non riesco proprio a sopportare. Certo ha gli occhi un po' scavati ed è troppo magro, ma non è affatto male.

Impreco contro i miei ormoni. Negli ultimi tempi non faccio altro che notare l'avvenenza di altri ragazzi. Quindi, abbasso gli occhi e mi metto a leggere la didascalia del suo ultimo post:

"But there's only you and I

And we've got no shot
This could never be
You're not the type for me
Really?
And there's not a spark in sight
What a waste of a lovely night"

Non ci metto molto a ricordarmi che si tratta di "A lovely night", un'altra canzone di La La Land. I protagonisti la cantano in un momento del film in cui nessuno dei due vuole ammettere l'attrazione per l'altro.

Sto impazzendo io o trovo questa didascalia provocatoria? Eric sta pensando a me o ancora una volta lavoro troppo di fantasia?

Decido di uscire dall'applicazione senza lasciare nemmeno un like. Non voglio partecipare a questo gioco. Gli ho già detto di non ricambiare il suo interesse. E poi stasera uscirò con Alex. Discorso chiuso.

LA PRIMA VOLTA

Sono al locale, insieme ad Alex e il mio cervello è davvero fuso. Rivederlo è stata un'emozione più forte di quanto pensassi.

Alex ha i capelli più corti dell'ultima volta, le orecchie leggermente sporgenti e il sorriso malizioso più ammaliante che io abbia mai visto. Questa sera indossa una maglietta nera con il disegno di un coniglietto su un fianco e un paio di jeans strappati.

Ho faticato a salutarlo, a rompere il ghiaccio e a non sembrare un vero e proprio robot per un quarto d'ora buono. Solo da poco mi sono convinto di non stare sognando. Alex mi ha chiesto di uscire e ora siamo insieme. Esatto: lui mi ha chiesto di vederci. È così strano, ma è anche bellissimo. Sarò un inguaribile romantico, ma mi sento fortunato ad aver ricevuto un invito da questo ragazzo magnifico che potrebbe avere chiunque altro ai suoi piedi.

«Quindi, hai chiarito un po' la situazione?» mi chiede lui, sorseggia un cocktail a base di Vodka.

«In che senso?»

«L'ultima volta, al The Hole, mi hai detto che dovevi capire ancora alcune cose su te stesso. Zero esperienze. Né ragazzi né ragazze... una cosa simile. O sbaglio?»

Io arrossisco e ci metto un po' a capire il modo giusto per rispondere. «Sì, credo di aver finalmente capito in che direzione andare. *O una cosa simile...*»

«Quindi, ora sei team ragazzi? Team ragazzi e ragazze o... qualcos'altro, forse?»

Io sospiro, contengo a stento una risata isterica. «Team ragazzi. Decisamente ragazzi!»

«Okay», Alex sorride compiaciuto, «quindi hai iniziato a esplorare questo nuovo mondo di possibilità?»

Sono convinto – ma che dico? Sono ultraconvinto! – che ci sia un riferimento sessuale in ciò che ha appena detto, eppure non mi scompongo più di tanto. Ci sta che mi faccia questa domanda. In fondo, anche io sono seduto a questo tavolo, di fronte a lui, perché sono attratto da lui su un piano sessuale. Dio, fino a ieri arrossivo al pensiero di un bacio, e oggi penso al sesso?

«No. Credo che la prima volta debba avere un significato particolare. Deve essere con una persona che mi piace davvero.»

Lui annuisce, sbatte le ciglia nel modo più sexy in cui un uomo può sbatterle. «Quindi, dopo tutta questa attesa, ti aspetti che la prima volta sia un po'... uno spettacolo completo, con tanto di fuochi artificiali. Dico bene?»

«Oddio...» Sbuffo. Cerco di resistere all'assalto dei miei ormoni che suonano la carica. Provo di nuovo quella bizzarra sensazione di confusione che ho nei momenti in cui mi eccito sul serio. «No. Semplicemente voglio essere io a gestire questa cosa. Vorrei dare il mio primo bacio e... beh tutto il resto... a qualcuno che mi piaccia sul serio.» Forse sono caduto nella sua trappola. Non voleva un ulteriore chiarimento. Con ogni probabilità, Alex desiderava solo mettermi in difficoltà con le sue allusioni.

Inizio a bere il mio cocktail analcolico e distolgo lo sguardo da Alex per la prima volta da quando sono arrivato.

«Sei carino, sai?»

Per un istante mi chiedo se non ho sentito male, poi alzo gli occhi e apro la bocca, come per rispondere. Tuttavia, le parole si sono volatilizzate, la mia testa è vuota e la mia faccia deve essere diventata scarlatta.

«Credevo di non piacerti» riesco ad articolare, dopo alcuni attimi in preda all'agitazione.

«E perché non dovresti piacermi?»

«Non so. Mi è sembrato che tu mi abbia guardato tanto e con aria scettica, quando ci siamo conosciuti. Ho creduto stessi valutando se fossi abbastanza carino per te...»

Reagisce alle mie parole in modo strano. Sono quasi sicuro di averlo fatto vergognare di qualcosa. Ha abbassato gli occhi di scatto e ora fissa il suo bicchiere ormai vuoto. Ho il timore di averlo offeso, ma passa poco prima che lui ricominci a parlare.

«Oh, non devo esserti sembrato il ragazzo migliore del mondo, allora... Mi dispiace. È solo che... certe volte penso che sia davvero difficile trovare una persona che mi faccia provare delle emozioni. E sì, beh... un po' mi sono appiattito sul piano sentimentale. Oddio, non ha senso quello che sto dicendo.»

Percepisco che la conversazione sta diventando personale e che forse gli altri si sbagliavano sul conto di Alex. Potrebbe essere più sensibile e profondo di quanto non credessi nemmeno io. «No. Ti prego, continua.»

«Okay», fa lui e mi rivolge l'ennesimo sorriso malizioso, «voglio dire... che sì, negli ultimi anni, ho frequentato tanti ragazzi perché mi piacevano fisicamente, ma non mi sono lasciato coinvolgere. E questo mi porta a essere più freddo e pragmatico – se mi consenti il termine – quando conosco qualcuno di nuovo. Ora so che ti sembrerò l'essere più superficiale del mondo...»

«No, l'essere più superficiale del mondo non proverebbe a giustificarsi» gli dico, interrompendolo, e penso di aver appena pronunciato la frase più sensata da quando l'ho conosciuto.

Lui annuisce e, a un tratto, sembra che sia cambiata l'atmosfera tra noi. Io sono più rilassato e lui appare molto più curioso di conoscere la mia storia.

«Ma abbiamo parlato abbastanza della mia vita sentimentale», dice, dopo aver ordinato un altro cocktail, «parlami di te. Cosa fai nella vita? Dove vivi? Cosa ti piace?»

Non riesco a soffocare un risolino. «Vivo in periferia, in una casa dalle pareti gialle. Mi sono trasferito da poco e convivo con Jimmy.»

«Jimmy?»

«Sasha Sparks. Forse lo conosci con questo nome.»

«Ah, certo. E chi non conosce Sasha?» Annuisce e manda giù una prima sorsata del drink che gli è stato appena servito.

«Per quanto riguarda la mia occupazione... beh, niente di straordinario. Sono un tecnico informatico e lavoro in un negozio di elettronica. Una vera palla, ma almeno ci pago l'affitto.»

«Ma no, dai! Anche a me piacerebbe saper riparare computer. È una bella occupazione.» Mi fa l'occhiolino.

«Quando ti tocca smanettare tutto il giorno con i portatili pieni di foto di gatti e immagini religiose inizi a perdere la passione per il mestiere.»

«Non ti buttare giù. Sei come un supereroe. Arrivi tu e il virus scompare.»

«Sì», dico io poco entusiasta, «e la vecchietta di turno può tornare a stalkerare i nipoti su Facebook.»

«È un lavoro sporco, ma qualcuno deve pur farlo.»

Gli sorrido. La conversazione sta andando. Jimmy mi aveva messo in guardia. Per lui, se il dialogo non decolla alla prima uscita, non ne uscirà niente. Finora le cose vanno piuttosto bene.

«Quali sono i tuoi interessi, allora?»

Mi gratto l'orecchio. «Interessi? Anche in questo caso, la mia risposta non sarà esaltante.»

«Spara, tranquillo. Non esistono risposte sbagliate stasera.»

«Ok. Comunque, sono un appassionato di fumetti e manga. Ne leggo moltissimi. Mi piacciono anche gli anime e... sì, beh... mi piace collezionare action figures e cose del genere.»

Alex, nel frattempo, ha finito il suo secondo bicchiere. Ha un'aria serena, quasi divertita. Io lo guardo come a volergli leggere nel pensiero, con la speranza di non avere fatto una brutta figura.

Dopotutto, non dici di avere una passione per i manga per far colpo su un tipo come Alex. Ma ho preferito essere sincero. A dire la verità, non avrei avuto nemmeno la faccia tosta per inventarmi di sana pianta degli interessi che non mi appartengono.

Si aggrovigliano nella testa decine di rimpianti su quello che avrei potuto dire e faccio persino fatica a stare ad ascoltare lui che ha iniziato a fare l'elenco dei suoi hobby. Fortuna che, grazie alle mie scorribande su Instagram, avevo già compreso molto di lui, altrimenti non riuscirei a stare al passo del suo discorso.

Usciamo dal locale verso le undici. Alex ha deciso di seguirmi fino alla mia auto.

«Perché tu accompagni me e non viceversa? Stiamo definendo dei ruoli?»

Lui accenna una risatina. «Semplice, Thomas. Se volessero farti del male, ti proteggerei io. A parti invertite, beh… non so quanto potresti essermi d'aiuto.»

«Sei pessimo!» Gli rifilo un pugnetto ridicolo contro la spalla e mi giro verso di lui. Non l'avessi mai fatto. Approfitta di questa mia mossa per afferrarmi il braccio e strattonarmi verso di sé. Un attimo dopo sento la sua mano salire rapida sulla mia schiena e poi fermarsi sul collo.

So cosa sta per accadere e sono immobilizzato. Non ho le forze per protestare, ma soprattutto non credo di volerlo fare. È giunto il momento. Il mio primo bacio è a un passo e io non ho alcuna voglia di divincolarmi.

Rimango immobile, lui appoggia le sue labbra sulle mie. È un bacio veloce, ma intenso. Ci sa fare, anche se non ho metri di paragone per poterne essere sicuro. Posso basarmi soltanto sulla sbalorditiva sensazione di piacere che ho provato al contatto con le sue labbra. Quando si scosta da me, il mio mondo sta vacillando.

«Wow...» borbotto. Un bel problema non avere filtri fra il cervello e la bocca.

«Devo intuire che non ti è dispiaciuto il primo bacio della tua vita?»

«No... era... Wow!» Proprio non riesco a non suonare ridicolo.

«Ciao, Thomas. Adesso devo andare a nanna che domani inizio a lavorare prima delle sette.»

«O-Okay! Buonanotte, Alex.»

«Chiamami, okay?»

«Ma... Il tuo numero?» Stavolta il mio cervello reagisce allo stimolo in tempo. Non ho ancora il suo numero, per quanto strano possa sembrare.

«Dammi il telefono» dice lui.

Ubbidisco e lui salva il suo numero nella mia rubrica, prima di allontanarsi. Io sono ormai arrivato alla macchina, la serata è finita e... Dannazione, ho dato il mio primo bacio. O forse sarebbe meglio dire che sono stato baciato per la prima volta.

Il giorno dopo mi ritrovo faccia a faccia con Vanessa. È venuta a casa mia dopo cena, allarmata dalla telefonata in cui ho provato a raccontarle la mia serata con Alex e il mio primo bacio. Ci troviamo nel salotto di casa, davanti a una viennese surgelata sottomarca e abbiamo entrambi le facce stralunate.

«Ma sul serio...?»

«Sì, Vanessa. Mi ha baciato. Lui. Non è difficile il concetto.»

«E io che credevo che gli facessi schifo.»

«Grazie, meno male che ci sei tu. La mia autostima sta schizzando alle stelle.»

«Fammi rivedere il suo profilo Instagram. Non ci credo che quello pseudoinfluencer con gli addominali sul mento si sia preso una cotta per te.»

«Vanessa! Basta controllare Instagram.»

Lei si mette a ridere e dà un'altra forchettata al suo dolce industriale per nulla invitante.

«Comunque, Thomas, fai attenzione. Ho comunque paura che sia interessato a te solo per motivi... non so come dirtelo. Okay, ho solo timore che possa volerti frequentare solo per portarti a letto.»

Io la guardo serio, per nulla sorpreso da quanto ha affermato. «E siamo sicuri che a me questo piano non starebbe bene?»

Lei, sconcertata, mi lancia un'occhiata delusa. «Dov'è finito quello che cercava una prima volta che significasse qualcosa?»

Dov'è finito? Non lo so. Mi sono accorto che con Alex divento un'altra persona. Tutte le mie barriere si abbattono e mi limito a fissare quelle fossette che si formano ai lati del suo volto quando sorride. Sono patetico, ma non posso fare a meno di sperare di essere qualcosa di più di un possibile partner occasionale per lui. Ho la certezza, però, che non riuscirò a resistere a nessuna tentazione. Se volesse portarmi a letto, non capisco proprio in che modo riuscirei a oppormi. Rifletto su questa eventualità e sento di essere su un campo minato. Alex potrebbe essere la mia criptonite, eppure non ho la minima voglia di stargli alla larga o di prendere delle precauzioni. Anzi, non vedo l'ora di incontrarlo di nuovo.

LA FOTOGRAFIA INCRIMINATA

Sono a casa di Alex. Non posso davvero crederci. Non riesco a spiegarmi come, ma è sabato sera e sono a casa di Alex! I suoi tre bulldog sono adorabili e non la smettono di annusarmi le scarpe, come se non avessero mai sentito un odore tanto celestiale.

Lui mi ha chiamato circa mezz'ora fa per dirmi che stasera non gli andava di uscire e far tardi e mi ha invitato a cena da lui. Da quando ci siamo baciati, dopo il nostro drink di martedì sera, mi ha scritto ogni giorno, anche se non ci siamo sentiti con costanza. Ci siamo limitati a scrivere banalità, senza affrontare nessun discorso. Di certo non abbiamo parlato di quello che siamo o di quello che potremmo essere. Non abbiamo nemmeno discusso di quello che ha significato il nostro bacio. Se ho un po' capito come funziona la testa di Alex, è uno di quelli a cui piace prender le cose per come sono, senza lambiccarsi il cervello. Insomma, è il mio esatto opposto. Ho deciso di fare il bravo, però, e tutte le domande e i dubbi che assalgono il mio cervello iperattivo li tengo per me.

«Stai benissimo» mi dice Alex, prima di farmi visitare la sua abitazione. Si tratta di una casetta poco più piccola della mia, un open space con salotto e cucina e una piccola camera da letto dalla quale si accede al bagno. Non paga affitto, però, e non la divide con altre persone. A quanto pare l'ha ereditata da una zia. Tra l'altro, ho scoperto che abita a meno di un quarto d'ora da dove abito io. Siamo praticamente vicini e la cosa – non posso farci niente – mi elettrizza.

Oggi ho indossato una camicia con colletto alla coreana e un paio di pantaloncini beige. Mi sento a mio agio e sono felice che lui mi abbia fatto un complimento. «Stai benissimo anche tu» dico, dopo avergli rivolto una lunga occhiata. Lui starebbe benissimo anche con un sacco di juta addosso, a dire la verità. E starebbe ancora meglio senza niente addosso. Ci risiamo! I miei ormoni in libera uscita che fanno capolino e mi mandano il cervello in pappa.

Mi prende la mano e mi conduce al tavolo, come un vero gentleman. E per me la serata potrebbe anche finire qui. La semplice stretta della sua mano mi fa venire la pelle d'oca e sono davvero in crisi. Non immaginavo potesse rivelarsi così difficile contenere l'eccitazione.

«Spero ti piaccia quello che ho preparato. È una ricetta italiana che mi ha insegnato mia nonna. Sai sono di origini italiane. Non so se te l'ho detto.»

«Lo so.»

«Davvero?»

Impallidisco. Ecco, mi sono sbugiardato da solo, rivelando di essere a conoscenza di informazioni su di lui che solo uno stalker potrebbe conoscere. Non so come uscirne: di certo non posso dirgli che ho letto tutte le didascalie dei suoi ultimi cento post su Instagram.

«Me lo hai detto l'altra sera, al bar» mento io e sorrido con aria estatica.

Lui non dà peso alla mia espressione inebetita e mi serve una porzione di lasagna fumante.

«Sono sconvolto... Wow! Ci avrai messo un sacco a prepararla.» Dico un po' troppo spesso "wow" davanti ad Alex. È una cosa a cui dovrò porre rimedio. Ma non so se esiste un percorso terapeutico adatto a farmi parlare come un adulto anche quando sono assalito dall'eccitazione.

Alex ridacchia. «Sì, ogni tanto mi diletto in cucina. Certe volte non posso fare a meno di fare uno sgarro dal mio piano alimentare.»

Sì, immaginavo mi avrebbe parlato di un piano alimentare. D'altra parte, non si spiegherebbe altrimenti quel fisico. Sono contento, però, che abbia deciso di invitarmi in un giorno in cui non si deve rispettare alcuna limitazione sui carboidrati.

La cena si rivela molto piacevole. La pasta è squisita e chiacchieriamo come se ci conoscessimo da tempo. Di colpo le mie ansie sono sparite e Alex, a un tratto, non è più quel tipo inarrivabile a cui credevo di non poter interessare. È una persona in carne e ossa. Lo vedo vezzeggiare i suoi tre bulldog e mi viene da ridere. È una persona come tante altre, non crede di essere una star o l'uomo più bello sulla faccia della terra. No, è del tutto normale, sempre che possa essere considerata normale una persona che chiama i suoi tre cani Elton, Cher e Gaga.

«E quindi...»

I nostri piatti sono vuoti e ci siamo scolati due birre a testa. Mi sento leggero di testa e pesante di pancia, ma sento di dovermi svegliare. Devo rimanere lucido. È arrivato quel momento della serata in cui si capirà di più su che tipo di relazione si sta instaurando tra noi.

«Quindi, cosa?»

«Niente, Thomas. Sono solo contento che tu sia qui.»

Ma Alex non si limita a quella frase. Certo che no! Si alza e si avvicina. Ciabatta fin dove sono seduto e mi stampa un bacio sulle labbra. Mi aiuta ad alzarmi e mi prende ancora una volta per mano.

Sono intimidito perché so dove mi sta portando e so che cosa sta per succedere.

Entro nella camera da letto di Alex con la stessa disinvoltura con cui entrerei in un sexy shop in pieno giorno nel corso di una manifestazione a sostegno della famiglia tradizionale. Sono in iperventilazione, la mia testa elabora tutto quello che potrebbe andare storto.

«Cosa?!»

La realtà sa essere imprevedibile. Ciò che mi ferma, infatti, è una cornice su una mensola. E chi l'avrebbe detto che sarebbe stata una fotografia a farmi passare la voglia? Nella cornice vedo raffigurati Alex ed Eric. Alex ha un braccio attorno alle spalle di Eric ed entrambi sorridono verso l'obiettivo.

«Che c'è, Thomas?»

«La foto. Eric. Come lo conosci?» Mi sento in agitazione. Eric mi ha messo in guardia da Alex, dopo avermi visto parlare con lui, e ora trovo una sua foto nella camera da letto di Alex. *A che gioco stanno giocando?*

«Thomas, ti sembra il momento di parlare di Eric?»

«Beh... Considerato che Eric ci ha provato con me, vorrei capire un po' che cosa sta succedendo.»

Alex sbuffa e si siede sul letto. «Thomas, Eric è il mio ex. L'ultimo ragazzo che ha significato qualcosa per me. Ci siamo lasciati tre anni fa, ma è l'unica persona di cui serbo un ricordo affettuoso. Purtroppo non si può dire lo stesso di lui.»

«Quindi... a te manca Eric? Scusa se te lo dico, ma che senso ha tenere la foto del tuo ex su una mensola, dentro la camera da letto.»

«Beh... non ho mai...» Sembra non trovare le parole giuste. «Per te è un problema?»

«Credo che lo sarebbe per chiunque.»

«Thomas, calmati. Eric non mi parla più da un sacco di tempo. È solo un ricordo. Mi manca nella mia vita, mi manca come amico, ma non c'è più niente tra di noi. Tra l'altro, sono stato io a lasciarlo... Ti basta come spiegazione?»

Sospiro. Mi accorgo di quanto sia inopportuno per me dare lezioni su come gestire le rotture ad altre persone. Proprio io, che non ho mai nemmeno fatto sesso, non posso propormi come guru delle relazioni sentimentali. Però, penso che quella foto sia più di quanto possa sopportare a livello emozionale per stasera.

«Lo capisco. Senti... non posso dirti di toglierla o altro. Non sono niente per te...»

«Non dire così.»

«Okay, riformulo: sono solo un tizio che stai frequentando e a cui hai mollato un paio di baci. Non sono nella posizione di chiederti di togliere la foto da questa stanza. Ma le cose si son fatte complicate...»

«Perché, Thomas? È successo qualcosa fra te ed Eric?»

«No!» Lo dico con una voce perentoria, come se mi disgustasse l'idea. «Solo che è assurdo che Eric mi dica che gli piaccio e poi scopra che è l'ex del ragazzo che piace a me. È solo... Solo un po' troppo, ecco.»

«Non sapevo che Eric ci avesse provato con te. So che Eric si vede con Jimmy, di tanto in tanto, quindi pensavo lo conoscessi... ma non pensavo che la situazione fosse questa.»

«Non potevi saperlo. Non è colpa tua. È che ho bisogno di ragionare a mente fredda.»

«Lo capisco» dice lui, sconsolato. Penso che nella sua testa stia imprecando per aver lasciato quella cornice in camera.

Il danno per questo sabato sera è fatto. Ho proprio bisogno di andarmene. Devo riposare, riflettere su quello che è successo. Capirò in seguito cosa Alex prova per Eric e, soprattutto, comprenderò se Alex ha davvero interesse nei miei confronti o voleva soltanto passare una serata con me.

Lo ringrazio della cena, mi scuso per la mia uscita di scena un po' frettolosa e me ne vado. So già che porterò a casa con me un bagaglio di confusione e tormenti di cui sarà difficile liberarsi.

UN BACIO DI TROPPO

«No, ti giuro che non lo sapevo!» Jimmy ha un'espressione sconvolta sul volto.

La prima cosa che ho fatto stamattina è stata svegliare il mio coinquilino per parlare di ciò che è successo ieri. Non mi sono fatto troppi scrupoli, anche se so che ha dormito molto poco. Il sabato sera torna sempre tardissimo dai suoi spettacoli drag.

«Davvero, non sapevo che Eric e Alex fossero stati insieme» continua a ripetermi lui, ancora mezzo addormentato e con la voce roca.

«Cioè, tu non sai con chi è stato uno dei tuoi migliori amici?» Non posso farci niente. Sono piuttosto scettico. Non so se credergli: mi sembra troppo strano che non sia mai uscito il discorso sul passato che lega Alex ed Eric.

Jimmy si mette a fare il caffè per entrambi. È chiaro che non riuscirebbe a reggere questa conversazione senza il potere salvifico della caffeina. Io prendo la confezione di cereali per la colazione e continuo a rimuginare sulla serata passata.

Malgrado tutto, sono grato che Jimmy non abbia fatto troppe storie e abbia accettato di scendere giù dal letto. Non avrei saputo attendere oltre prima di affrontare l'argomento Eric-Alex con lui.

«Oh, Thomas, ti dico di no. Io ho conosciuto Eric un anno e mezzo fa, al The Hole. Da allora non mi ha mai detto una parola su Alex.»

«Certo che sono una strana coppia. O, meglio, dovevano essere una coppia molto strana.»

«Eccome!»

«Ora che mi ci fai pensare», dico io e mescolo annoiato i cereali nell'oceano di latte che è diventata la mia scodella degli Avengers, «io di Eric non so nulla. Ho soltanto capito che è pieno di soldi e che è molto sicuro di sé. Questo è tutto. Forse dovrei sapere di più di lui...»

Jimmy beve un goccio di caffè e strabuzza gli occhi. Prova ancora una volta a scacciare la tenace sonnolenza che lo attanaglia. «Eric è figlio di un newyorchese. Un grosso industriale. Producono articoli di cartoleria e lui lavora in uno degli stabilimenti, proprio qui a Macon. È un supervisore o qualcosa del genere...»

«Quindi, Eric è di New York?»

«Esatto. Si è trasferito qui sei anni fa, quando ne aveva... Più o meno venti?» Jimmy non è per niente sicuro dei suoi calcoli, o almeno questo lascia trasparire la sua espressione perplessa.

«E dopo poco ha incontrato Alex e sono stati insieme per qualche tempo... Cavolo! Mi mancano troppi elementi. Non riesco ad avere un quadro chiaro della situazione.» Scuoto la testa e cerco di finire i miei cereali, pur avendo pochissimo appetito.

«Ma cosa ti importa? Dico sul serio. Ti piace Alex? Vai fino in fondo. Non credo sia salutare che tu voglia sapere esattamente cosa sia successo tra lui ed Eric. Si son lasciati anni fa, è acqua sotto i ponti, fratello!»

Alzo un sopracciglio. Mi sorprende sempre sentirmi chiamare "fratello" dal mio pallidissimo amico gay che si diletta a fare la drag queen. Ma Jimmy non ha tutti i torti. Dovrei proprio togliermi dalla mente questi pensieri. Alex ed Eric stavano insieme? Sì. Questo cambia qualcosa tra me ed Alex? No, credo di no, eppure non mi sento tranquillo.

Sono persino tentato di chiedere a Eric le ragioni della loro rottura: sento che c'è qualcosa che dovrei sapere. Qualcosa che mi farà capire se vale la pena andare fino in fondo con Alex.

L'occasione per interrogare Eric si presenta la sera stessa. Lo vedo entrare nel salone. Alzo appena gli occhi dall'ultimo numero dei Fantastici Quattro.

«Ehi» dice lui e fa per salire al piano di sopra, per raggiungere Jimmy.

«Ehi, posso parlarti un secondo?» Appoggio l'albo a fumetti sul divano e mi alzo in piedi. Non mi avvicino a lui, però. L'espressione chiave è: distanza di sicurezza. Dopo avergli sfiorato la mano per errore, oggi cerco di essere prudente.

Eric si volta e i suoi occhi diventano due fessure di puro interesse. Non mi abituerò mai al modo in cui mi guarda. È come se avesse il dono di farmi sentire in imbarazzo con un semplice sguardo. Vanessa direbbe che mi spoglia con gli occhi, ma io non posso esserne certo. Non capisco perché dovrei piacergli a tal punto. Ma, diamine, non è questo il momento di pensare a queste sciocchezze.

Mi faccio coraggio e, alla fine, sputo il rospo.

«Ho saputo che stavi con Alex» dico io. La mia voce trema: dannata insicurezza.

Lui mi guarda ed emette un suono gutturale, come per dire che mi ha sentito. Non smentisce.

«Vorrei sapere perché mi hai scoraggiato. Cioè... tu mi hai detto, in poche parole, che non merita il mio interesse una persona con cui tu hai avuto addirittura una relazione. Non è strano?»

«Oh... quindi... stai frequentando Alex?» Ignora il nocciolo della questione. Ha un tono di voce basso e l'aria abbattuta.

«Sì, ma non è questo il punto. Tu mi hai detto che Alex era un tipo inarrivabile, uno che mi avrebbe fatto perdere tempo e poi hai giustificato le tue parole, dicendo di essere interessato a me. Ora davvero non capisco... Qual è la verità?»

Eric alza gli occhi al soffitto e poi sfoggia una smorfia imbarazzata. «Senti, non ho mentito quando ho detto che mi interessavi. Per quanto riguarda me e Alex... Beh... credo che siano affari miei. Se Alex vorrà dirti perché abbiamo rotto, sarà una sua scelta. Da me non saprai nulla. Non me lo chiedere un'altra volta, okay?» L'espressione abbacchiata è scomparsa dal suo volto e la sua voce si è fatta stentorea. L'ho fatto arrabbiare. Non lo avevo mai visto così infastidito.

«Adesso vado da Jimmy. Ciao, Thomas.»

Eric si volta e inizia a salire gli scalini alla velocità di un fulmine. Io, invece, rimango immobile, pietrificato e imbarazzato. Vorrei inseguirlo per chiedergli scusa. Vorrei dirgli che sono stato inopportuno e che la sua storia con Alex non è affare mio. Anche se, nella mia ottica, un po' lo è.

Abbasso le spalle e mogio me ne torno sul divano. C'è qualcosa di misterioso attorno a quella rottura e la stessa reazione che ha avuto Eric mi lascia pensare che sia successo qualcosa di grave. Forse qualcosa che mi farebbe cambiare idea su Alex.

Il problema – se di problema si può parlare –, però, è un altro. Se io ho così tanto bisogno di indagare su Alex, la verità è che non mi fido di lui. È possibile che le parole di Eric mi siano entrate sotto la pelle più di quanto abbia ammesso.

«Thomas...»

Mi volto di scatto e vedo che Eric è di nuovo al pianterreno. Si morde le labbra, stringe le braccia al petto. Sembra un ragazzino impaurito. Esita, prima di riprendere la parola. «Voglio solo dirti che... nessuno dovrebbe farsi condizionare dal passato degli altri. Le persone cambiano, migliorano. Io e Alex eravamo giovani. Abbiamo fatto degli sbagli, ma non devono influenzare il nostro futuro, non devono influenzare te.»

Annuisco. «Grazie, Eric.»

«Thomas...»

«Sì?»

«Tu e Alex...?»

Arrossisco. Stavolta è lui a essere inopportuno. «No, non sono andato fino in fondo. Non ancora.»

Eric sbuffa, come a rilasciare la tensione che lo aveva assalito, e avanza verso di me.

«Che fai?»

«Qualcosa di molto sbagliato. Voglio concedermi un ultimo errore.»

Si abbassa e cinge i miei fianchi con le sue mani. So che dovrei respingerlo, dirgli che non mi piace e che nella mia testa c'è Alex. Dovrei dirgli che non si sta comportando in maniera corretta e che, se Alex lo sapesse, potrebbe pensare che si tratta di una vendetta nei suoi confronti. Dovrei muovere le braccia, allontanarlo, ma non ce la faccio. Più che altro non ho voglia. Questo bacio l'ho desiderato sin dal momento in cui le nostre mani si sono sfiorate. Ho sempre scelto Alex e negato la mia attrazione per Eric, rifiutando di cedere alla tentazione. Ma in questo momento è troppo difficile resistere. È troppo difficile resistergli.

Eric mi bacia. Non è un bacio timido. È un bacio diverso da quello che mi ha dato Alex. È appassionato, ma non invadente. È morbido e sensuale. È elettrico e dolce allo stesso tempo e sento che ne vorrei di più. Dannati ormoni. Ormai bacio tutti e mi piace ogni volta.

Mi sento in colpa, quando Eric si allontana. Sento di aver tradito Alex, anche se non stiamo insieme. Ma ho incasinato tutto: lo so. Ho incasinato tutto, lasciando che Eric mi baciasse. Eppure, quello che penso, mentre lui si allontana, è che vorrei passare le prossime cinque ore della mia vita a baciarlo, fino a consumarmi le labbra.

«Scusa» esordisce lui e si avvia di nuovo verso le scale. «Anzi, non ti chiedo scusa. Ho fatto proprio quello che volevo fare. Diciamo che adesso sai cosa ti perdi, okay? Ti aiuterà a scegliere meglio da che parte andare.»

È sempre troppo sicuro di sé, cosa che mi infastidisce non poco. Sono troppo confuso, però, per rispondergli a tono. Lo vedo salire per le scale e sparire dalla mia vista prima che riesca a pronunciare anche soltanto una parola.

Sento il bisogno di una doccia fredda. Subito.

REGALI INASPETTATI

È un mercoledì sera come tanti altri. L'inizio della settimana è stato faticoso e alienante, come sempre di questo periodo. Il mio lavoro tende a trasformarsi in una routine fin troppo monotona per i miei gusti, soprattutto d'estate. La Georgia è travolta da un'ondata di caldo record che penso mi farà rimanere secco. Se tutto va bene, però, tra due settimane le temperature caleranno, con l'autunno ormai prossimo a scacciare questa estate bellicosa e tenace.

Non è successo granché negli ultimi giorni. Dopotutto, non potevo aspettarmi che la mia vita post-coming out sarebbe stata un continuo susseguirsi di ragazzi sexy disposti a tutto pur di portarmi a letto. Ma va bene così. Sono contento di potermi godere qualche giorno di solitudine, per quanto possa definirsi solitudine vivere insieme a una drag queen che prova le sue performance nel salotto di casa. È la terza sera di fila che Jimmy, armato di parrucca e tacchi, prova il nuovo numero che porterà al The Hole. Sono stufo di sentire le canzoni di Rihanna sparate ad alto volume ogni sera, ma non mi va di disturbarlo. Ha una vera passione per quello che fa e lo rispetto.

Cerco di isolarmi nella mia stanza, con la porta e la finestra chiusa. Ho fatto installare pochi giorni fa un nuovo climatizzatore. Ho usufruito di uno sconto dipendenti nel negozio per cui lavoro. Uno dei pochi vantaggi della mia grama occupazione. L'aria climatizzata mi permette di sopportare meglio anche la musica ad alto volume e l'impossibilità di usufruire degli spazi comuni in casa.

«Thomas! Scendi!»

Jimmy ha staccato la musica e adesso mi sta chiamando. Controllo l'orario: sono le nove passate. Che cosa vuole da me?

Scendo in canottiera e mutande, senza preoccuparmi di rivestirmi. Spero soltanto non abbia bisogno del mio aiuto per preparare la sua esibizione.

Quando mi ritrovo al piano di sotto, però, mi pento di non essermi messo nulla di meglio addosso o, per lo meno, un paio di pantaloni. Sulla soglia di casa, infatti, c'è Alex e ha in mano una pacco regalo.

«Co-Cosa?» balbetto io. Sono terrorizzato. «Come hai trovato…?»

«Prego, accomodati» dice Jimmy, senza calore. Immagino desideri che sia io che Alex ci leviamo dai piedi così che lui possa continuare ballare sulle note di "Only girl" di Rihanna. «Se non ti dispiace, Thomas, potete salire sopra?»

«Certo» rispondo io. Un attimo dopo rifletto sul fatto che sto per fare salire Alex nella mia stanza. In mutande, perché in tutto questo continuo a essere in mutande.

«Hai detto che abitavi in una casa con la facciata gialla e mi hai detto la zona in cui abitavi... Trovarti non è stato difficile» dice Alex. Sale le scale dietro di me e io spero non si soffermi sui disegni stampati sui miei boxer.

Una volta in stanza, corro a mettermi un paio di bermuda, troppo imbarazzato per continuare la conversazione in déshabillé.

«Okay. Come mai sei passato?»

«Mi andava di vederti. Mi sento un po' in colpa per come è finita la nostra serata l'altra volta. Ah... questo è per te!» mi dice e mi offre il pacco regalo.

«Grazie. Non dovevi» rispondo, le mie mani laboriose iniziano a scartare il regalo.

Rimango di stucco quando scopro che il regalo è in realtà un cofanetto di manga di Nana. Andavo pazzo per Nana quando ero più giovane. Devo avergli parlato della mia passione per i fumetti e lui se ne è ricordato. Credo di essere più lusingato per il fatto che lui non lo abbia dimenticato che per il regalo in sé. Non mi aspettavo che Alex fosse in grado di sorprendere qualcuno con un gesto come quello. A questo punto inizio a credere che Vanessa e Jimmy si siano sbagliati sul conto di Alex. Non è poi così male.

«Dico sul serio: non dovevi. Non dovevi proprio. Però... mi piace un sacco. Ti ringrazio.» Sorrido come un imbecille e mi chiedo dove potrò esporre questo splendido cofanetto.

«Chiamiamolo un gesto di pace.»

«Ma non eravamo in guerra.»

«Beh... Vorrei anche che tu sapessi che la foto non si trova più nella mia camera da letto.»

«Mmmh...» Lo guardo con fare scettico. Ecco il motivo di questa improvvisata. Mi piace l'idea che la foto del suo ex non sia più nella sua camera da letto – soprattutto ora che il suo ex mi ha baciato -, ma non mi basta. Voglio sapere perché hanno rotto. «Posso chiederti perché hai lasciato Eric, visto che hai detto che è stato l'unico fidanzato che abbia contato qualcosa per te?»

Alex abbassa subito gli occhi. Non credo sia sorpreso dalla domanda, ma ci mette un minuto buono prima di trovare le parole giuste per rispondere.

«Sai, è un po' imbarazzante ma... Credo che non potremo mai provare davvero a farla funzionare tra noi, se non sarò sincero con te.»

Farla funzionare tra noi? Impallidisco al pensiero che potrei davvero stare con un ragazzo così bello e sì – come direbbe anche Vanessa – fuori dalla mia portata. Tuttavia, se lui sarà davvero onesto con me, forse mi toccherà rivelargli del bacio tra me ed Eric. E quello sì che potrebbe rovinare tutto. Cavolo! Proprio quando trovo qualcuno bello da morire che mi regala dei fantastici cofanetti dei manga io vado a baciare il suo ex.

«Ho lasciato Eric», inizia lui, noncurante della mia faccia stranita, «perché mi sono preso una cotta per un altro. Un ragazzo francese che era qui in vacanza. Ero immaturo. Pensavo che continuare a stare con Eric avrebbe significato precludermi troppe esperienze e così l'ho chiusa. Mi sono goduto due settimane con la mia nuova fiamma e poi sono rimasto da solo. Ci ho messo un po' a perdonarmi per il mio sbaglio. Ho persino pensato di riaprire il discorso con Eric, ma il treno era passato. Lo conosco. Quando chiude con qualcuno, chiude per sempre.»

Nella mia testa si affollano circa un milione e mezzo di pensieri. Da una parte continuo a tormentarmi per aver baciato Eric, dall'altra mi rendo conto che Alex ha alle spalle un passato mica semplice da gestire. Ha abbandonato la persona più importante della sua vita per divertirsi con uno straniero? Non molto promettente. Però sono passati tre anni e – come ha detto anche Eric – le persone possono cambiare e non devono precludersi nuove occasioni per gli errori del passato.

«Devo dirti una cosa.» Mi sono convinto: non ci sarà mai più un momento giusto per dirgli che ho baciato Eric. Glielo devo dire adesso, altrimenti non ci sarà più la possibilità di costruire qualcosa tra noi. Lo so, me lo sento dentro.

«Dimmi, Thomas.»

«L'altro giorno... Eric era qui.»

«Conosce il tuo coinquilino, sì, lo so. Ne abbiamo parlato.»

«Sì, ma il fatto è che... Mi ha baciato. Okay, l'ho detto.»

Una profonda tristezza annebbia gli occhi nocciola di Alex. «Sul serio?»

«Sì. Non era una cosa programmata. Ha detto una cosa tipo che... mi ha baciato per permettermi di decidere meglio da che parte andare.»

La faccia di Alex è diventata paonazza. «Quindi tu hai baciato Eric. Eric, il mio ex, quello che ho lasciato e che era ritratto nella fotografia che stava in camera mia. La fotografia che ti ha impedito di passare la notte con me. Oh, cavolo... Ora sono io a trovare la situazione un po' troppo... troppo complicata per i miei gusti.»

Sta sudando, anche con il climatizzatore a palla. Mi sento così in colpa che sono tentato di ridargli il regalo.

«Okay, lo so, le cose sono complicate. Ma non ho programmato niente di tutto questo. Mi è semplicemente capitato di conoscervi nello stesso momento. E ti giuro che non ci ho mai provato con Eric. Mi piaci tu, non lui. Ci siamo capiti?»

Alex annaspa, senza sapere davvero cosa dire.

«Stavolta è meglio che vada.»

«Oh, cazzo, non salutiamoci così di nuovo. Non possiamo trovare una soluzione? Io voglio stare con te.»

Alex si stringe nelle spalle e poi prende la via della porta. «No, mi dispiace» dice in un sussurro e sparisce per le scale. Non faccio in tempo a raggiungerlo che ha già lasciato l'abitazione.

«Fanculo!» urlo. Jimmy mi fissa stupito e interrompe la sua routine proprio poco prima di tentare spaccata sul tappeto del salotto.

UN'OCCASIONE PERSA

«Quindi, fammi ricapitolare», dice Vanessa, dopo aver mandato giù una sorsata di vino, «Non sei andato a letto con Alex perché hai visto una foto del suo ex nella sua camera da letto e poi... hai baciato il suo ex e lo hai detto ad Alex? No, a parte gli scherzi, Thomas, ma che problemi hai? Sul serio!»

Abbasso gli occhi e inizio a fissare la mia porzione di ravioli al vapore. Sento il sangue irrorare le mie guance per l'imbarazzo. Non ho vissuto i miei giorni migliori, di recente.

Questa sera ho deciso di invitare Vanessa a casa per cenare insieme e a noi si è aggregato Jimmy. Abbiamo ordinato cinese, anche se il piatto forte è, senza dubbio, la mia situazione amorosa e tutti i casini che ho combinato, provandoci con Alex e baciando Eric.

«Uno spasso il nostro Thomas, vero?» scherza Jimmy, tra una forchettata e l'altra dei suoi spaghetti di soia.

«Hai dato un colpo di spugna all'innocenza virginale di cui andavi così fiero» rincara la dose Vanessa, incapace di contenere una risata.

«Innocenza virgiche?» dico io, piuttosto infastidito dalla facile ironia sulla mia complicata vita sentimentale. «Non ho programmato niente di quello che ho fatto. E poi, come ho già detto più volte, è stato Eric a baciarmi. Io non glielo avevo chiesto.»

Jimmy e Vanessa si scambiano un'occhiata prima di scoppiare a ridere. C'è qualcosa che non capisco. Perché il mio triangolo amoroso sarebbe così tanto comico? L'unica cosa che riesco a comprendere è che ho mandato tutto a monte con un ragazzo bellissimo, lasciando che il suo ex fidanzato mi baciasse. Sono stato uno stupido e un immaturo e niente di tutto ciò mi fa ridere.

«Comunque, Thomas, ho una notizia per te» dice Jimmy. La sua voce, a un tratto, si è fatta più seria e io non posso fare a meno di sentirmi un po' in ansia per quello che sta per dire. «Eric presto non sarà più un problema per te.»

«In che... In che senso?»

«Mi ha scritto poco fa un messaggio. Pare che andrà a fare un corso di management a New York e non è detto che torni qui. Suo padre vuole promuoverlo e renderlo uno dei soci titolari della loro società. Potrebbe anche trasferirsi a New York e lavorare nella sede centrale dell'azienda di famiglia.» La voce di Jimmy è neutra, anche se riesco a capire dall'espressione sul suo volto che è un duro colpo per lui. In fondo, Eric è il suo migliore amico e il trasferimento renderà i loro rapporti molto più difficili.

Ma io? Io che ne penso di questa notizia? Mi sono talmente concentrato sull'espressione e sul tono della voce di Jimmy che quasi non ho fatto caso alla fitta di dispiacere che mi ha percorso il corpo. *Eric se ne va*. Ecco, cerco di elaborare la notizia e di capire che cosa significa per me. Significa che un ragazzo che ci ha provato con me va in un'altra città. Significa che mi lascerà campo libero per sistemare le cose con Alex. Eppure non riesco a gioire. Riesco soltanto a pensare alla mia mano che sfiora la sua, al bacio che mi ha dato e al suo sguardo sempre fin troppo sicuro di sé.

«Thomas, ci sei?» Vanessa mi dà una lieve spinta su una spalla per attirare la mia attenzione.

«Sì... è solo che... niente. Mi dispiace per Jimmy. Sta perdendo un amico.»

«Oh... sì» conferma il mio coinquilino. «Eric è un tipo in gamba. Mi mancherà uscire con lui, ma esistono i telefoni, esiste skype. In qualche modo, resteremo in contatto.»

Annuisco. Mi è passata la fame. Osservo ancora i ravioli con uno sguardo malinconico e so già che non riuscirò a ingoiare nemmeno un altro boccone questa sera.

Stupido! Stupido! Stupido!

Vanessa è appena andata via e Jimmy si è ritirato in camera. Io sono in camera mia, sono quasi le due di notte e ho il cellulare in mano. Sto per fare qualcosa di inappropriato, sotto ogni punto di vista, e di cui, con ogni probabilità, mi pentirò a tempo record.

Striscio il polpastrello sul pulsante "CHIAMA" e avvio la telefonata. *Fanculo, si vive una volta sola*, penso per un attimo, prima che le ansie mi assalgano.

Il telefono squilla a lungo. Ormai mi arrendo: a breve partirà l'avviso della segreteria telefonica e io sarò costretto a prendere qualche pillola di sonnifero per poter riuscire a prendere sonno.

«... Pronto?» La voce all'altro capo della cornetta è impastata dal sonno. Come prevedibile, l'ho svegliato in piena notte.

«Ciao, sono Thomas.»

«...»

Nessuna risposta. Mi sento in imbarazzo e sto quasi per riagganciare, ma alla fine persisto nel mio intento e inizio a parlare: «Scusa l'ora, ma volevo parlarti.»

«Ora?»

«Sì. Ora. Ho appena saputo che parti e torni a New York. Volevo dirti che... beh... che mi dispiace. Sì, lo so, ti ho sempre detto che mi interessava Alex e ho complicato un botto le cose, ma... Mi sono reso conto che è stato un privilegio conoscerti e sono contento anche che tu mi abbia baciato. Non so nemmeno se ha senso quello che sto dicendo, ma mi mancherai. Mi mancherai anche se in pratica non ci conosciamo.»

Eric non risponde subito; il sonno sembra aver rallentato i suoi tempi di reazione. Non mi infastidisce la cosa. Certo, ammesso che il problema sia il sonno e non il fatto che mi trovi completamente folle.

«Okay. A me dispiace che non ci sia stata l'occasione per un altro bacio. Magari era destino. Magari questa svolta sta a significare che sei il ragazzo giusto per Alex e non per me.»

La sua risposta mi delude. Mi aspettavo qualcosa di più emozionante. Invece, è pragmatico. L'idea di lasciare la Georgia deve aver raffreddato anche l'interesse che provava nei miei confronti. Ma poi, perché mi stupisco della sua freddezza? L'ho respinto in tutti i modi possibili, eccetto quando mi ha baciato.

«Quando parti?»
«Dopodomani.»

«Capito. Allora, buonanotte.»
«Thomas?»
«Sì?»
«Vuoi dirmi qualcos'altro?»
«No, fai buon viaggio.»

Riaggancio. Mi sento arrabbiato con me stesso. Ho il timore di aver preso una cantonata. Forse, avrei dovuto dargli una chance fin da subito. Forse è sempre stato Eric quello giusto e non Alex. D'altra parte, cerco di non essere troppo severo con me stesso. Non ho nessuna esperienza alle spalle. Gli errori si fanno e il fatto che Eric parta non significa che sto perdendo l'occasione della mia vita.

Ho sempre creduto molto nel destino ed Eric sta per prendere un aereo che lo porterà a New York, a 1500 chilometri da Macon, a 1500 chilometri da questa casa e da me. È un segno che tra noi non poteva funzionare. Tento di focalizzare la mia attenzione su questo per contrastare il malanimo che sento fiorire dentro di me.

Mi avvicino mesto alla finestra e osservo la strada antistante alla mia casetta dalle mura gialle. Non c'è anima viva in giro e io mi sento un po' la protagonista di una commedia romantica. Manca soltanto "All by myself" in sottofondo e la scena madre sarebbe servita.

Questo malumore, però, non dovrebbe nemmeno esistere, visto che a me piace Alex. Non Eric.

Ma Alex mi piace davvero?

SEI UNA PERSONA SPECIALE

Come se non fosse bastato il malumore della nottata passata, mi sono svegliato con la febbre alta. Ma chi si fa venire un febbrone da cavallo in piena estate? Evidentemente io. L'unica nota positiva di questa influenza fuori stagione è che mi sono dato malato a lavoro e sono rimasto a letto a riposare.

Jimmy si è rivelato un'ottima infermiera improvvisata. Ha comprato il paracetamolo e mi ha portato degli asciugamani bagnati per tamponarmi la fronte. Mi ha persino fatto compagnia, nei momenti in cui la febbre mi ha permesso di rimanere sveglio e cosciente. Ci siamo sparati un paio episodi della quarta stagione di Tredici e ci siamo chiesti entrambi la ragione che ci ha spinto a essere così masochisti. Sarebbe stato meglio un film splatter di quarta categoria.

Arrivata la sera, incomincio a sentirmi un po' meglio. I farmaci stanno facendo effetto e la febbre è sotto controllo. È il primo momento in cui mi sento in grado di controllare le notifiche sul telefono. Ho avuto paura tutto il giorno di sbloccare lo schermo, paura di non trovare nessun messaggio né da parte di

Alex né da parte di Eric. Dopo aver vissuto per settimane un triangolo amoroso, complicato ma eccitante, adesso temo di rimanere solo e con il cerino in mano.

Passo in rassegna tutti i messagi su whatsapp, fino a quando non trovo un messaggio di Eric. Mi ha scritto stamattina presto. Ho il magone al pensiero di quello che possa avermi voluto comunicare. Soprattutto dopo la mia patetica telefonata notturna. Faccio un lungo respiro e clicco sulla chat col nome di Eric.

Ciao, Thomas. Non so davvero cosa volessi dirmi questa notte. Immagino che siano gli strascichi del mio bacio a farti straparlare. Mi dispiace sapere che ti mancherò. Non volevo fare soffrire nessuno con la mia partenza. Tanto meno te. Sono stato egoista a baciarti l'altra volta. Ho solo complicato le cose e forse rovinato il tuo rapporto con Alex.

Sì, devo ammetterlo, sono stato un vero stronzo. Spero che risolverai con Alex.

Ti auguro il meglio, Thomas. Sei una persona speciale.

Sei una persona speciale? Ma che diamine significa? Mi gratto la testa con fare nervoso. È un messaggio che non ha senso. Mi sa che ho sopravvalutato Eric, per tutto questo tempo. O almeno nelle ultime dodici ore in cui ho iniziato a pensare che la sua partenza potesse essere un'occasione persa. Mi ha baciato e l'unica cosa a cui pensa è che ha complicato il mio rapporto con un altro. Oddio, se fosse qui davanti a me, lo ricmpirei di insulti. E io che credevo di piacergli davvero…

Sto per ributtarmi a letto; spero che con una nottata di sonno passi tanto il malessere quanto il nervosismo per ciò che ho appena letto, quando il display del mio Iphone si illumina. È una chiamata di Alex.

Eccolo, penso, mi sta chiamando per dirmi che non ci vedremo più. Il mio mese da latin lover è già finito e sono rimasto ancora vergine. Devo ammettere che pensavo che le cose sarebbero state un po' più divertenti.

«Ehi» dico io, dopo essermi deciso ad accettare la chiamata.

«Thomas, sei libero? Posso passare?»

«Ehm… Sì, sono libero, ma non sto molto bene.»

«Che hai?»

«Ho avuto la febbre alta tutto il giorno, ma ora sto meglio.»

«Perfetto. Ho bisogno di parlarti» dice lui, secco, senza darmi la possibilità di replicare.

Dopo nemmeno venti minuti, Alex è arrivato a casa e mi ha raggiunto nella mia stanza. Ho un aspetto pessimo e un po' mi vergogno. Sono pallido, con le occhiaie e un pigiamino con i robot. Credo che, se qualcuno vedesse un ragazzo aitante e sexy come Alex in stanza con uno come me, si chiederebbe qual è la sua tariffa oraria.

«Mi dispiace che tu non stia bene.»

«Tranquillo, son cose che succedono. Cosa sei venuto a dirmi?» rispondo io, piuttosto annoiato. Vorrei che sganciasse subito la bomba e mi dicesse che tra noi è finita. Tecnicamente non è nemmeno cominciata, ma son dettagli trascurabili.

«Ecco... sì...» Anche stavolta Alex sembra in difficoltà a trovare le parole giuste. «Volevo dirti che abbiamo iniziato col piede sbagliato. Credo che iniziare a frequentarti abbia fatto uscire fuori qualche questione irrisolta tra me ed Eric.»

Gli rivolgo uno sguardo stranito. Quindi, qual è esattamente il problema? Ha ancora dei sentimenti per Eric? Il nostro triangolo non smette di regalare sorprese.

«Forse quella foto ti ha fatto più paura di quanto credessi. È anche colpa mia se tu hai baciato Eric.»

«Beh... Non è giusto che ti prenda la colpa» dico io, sempre più confuso.

«Vorrei soltanto ribadire che tra me ed Eric è finita. Iniziare a provare qualcosa di più di un'attrazione fisica per un ragazzo, dopo tutto questo tempo, lo ammetto… mi ha portato a ripensare a Eric. Ma è finita quella storia. L'unica persona che mi interessa adesso sei tu.» Sta tremando appena, anche se cerca di parlare con voce sicura.

Alla sua dichiarazione io non so cosa replicare. Ho perso le parole. L'ultimo neurone sano, in grado di elaborare una risposta, è appena fuggito fuori dalla finestra. Apro la bocca ma non emetto fiato e, alla fine, è ancora Alex a parlare.

«Per questo vorrei chiederti se io e te… beh, insomma…» prova lui e arrossisce (e io non credevo che i ragazzi come lui potessero arrossire). «Possiamo mettere una pietra sul passato e ricominciare da capo? Voglio davvero conoscerti, Thomas.»

Mi stringo nelle spalle e poi porto le mie ginocchia al mento. Mi ha davvero stupito e fatico a capire qualcosa di tutto quello che è successo negli ultimi tempi.

«Perché?» No, sul serio, non riesco a reprimere questa curiosità. «Perché io, dopo tanto tempo, sono riuscito ad attirare la tua attenzione?»

Alex sospira e si passa una mano incerta tra i capelli. «Non lo so, Thomas. È come se fossi la persona più genuina e vera che mi capita di incontrare da tanto, tantissimo tempo. Non riesco a toglierti dalla testa.»

Non so se è la febbre o la confusione a far cadere i miei freni inibitori. Mi alzo dal letto e mi getto addosso a lui. E in tutta onestà me ne frego se coi miei baci finirò per passargli il virus che mi ha costretto a letto.

A quanto pare, però, nemmeno a lui importa di prendersi l'influenza. Mi stringe le braccia attorno alla vita e ricambia all'istante il mio bacio.

Mi sento così piccolo, stretto tra le sue braccia. Accarezzo i suoi bicipiti e continuo a baciarlo. Adesso mi concentro sulle sue guance, sui suoi zigomi e poi lo bacio sopra gli occhi. Le mani di lui si infilano sotto il mio pigiama. Con il palmo accarezza la mia schiena appiccicata di sudore. Poco dopo, con impeto, Alex mi solleva. Sono così leggero per lui che mi prende quasi in braccio, mi getta sul letto e si stende sopra di me.

Non capisco più niente. La febbre è ritornata? Mi sento bollente. Lui inizia a leccarmi il collo e poi, con mani esperte, mi libera dei vestiti. L'eccitazione è come un'onda anomala che mi travolge e mi porta giù. Ma sono pronto per questa apnea, sono pronto a sprofondare. Non ho paura di niente. Voglio solo rimanere insieme a lui, per tutto il tempo necessario ad assaporare questo piacere che ho solo immaginato e che ho desiderato, di nascosto, sin dagli anni della mia adolescenza. Scoprire il suo corpo è il viaggio più elettrizzante che abbia mai fatto nella mia vita, l'avventura più sconvolgente di sempre.

Dopo quelle che sembrano ore, però, le onde del mio piacere si sono attenuate. E resta una calma imperturbabilità. Ho gli occhi chiusi, la nuca appoggiata al cuscino e il corpo nudo di Alex, rannicchiato alla mia destra. Ha gli occhi chiusi, ma so che non dorme.

È stata la mia prima volta ed è stata incredibile. Molto meglio di quanto avrei immaginato. Eppure...

Nella mia testa ritornano in mente tre parole che poco hanno a che fare con Alex: "Sei una persona speciale".

QUESTIONI IRRISOLTE

Sono passati due mesi da quando ho fatto l'amore per la prima volta. Due mesi da quando la mia relazione con Alex è diventata qualcosa di più di una semplice frequentazione. Da quel momento in avanti, Alex è diventato una presenza fissa nella mia vita. Usciamo almeno due volte a settimana ed è capitato più di una volta che rimanessi a dormire a casa sua. È tutto strano ed elettrizzante al tempo stesso. Persino meglio di come lo avevo immaginato. Un po' mi pento di tutti gli anni buttati e di tutto il tempo impiegato ad accettare me stesso. Però, adesso va tutto bene, tutto alla grande!

Tutto, a parte il fatto che io e Alex non abbiamo ancora DTR (definito il tipo di relazione che abbiamo). Esatto. Ogni volta che faccio uscire il discorso, Alex viene assalito da un'angoscia eccessiva. Ha paura che il nostro diventi un impegno fisso? Io non ne ho idea. In fondo, non ci dobbiamo sposare, ma soltanto capire se siamo fidanzati o qualcosa di meno. Non che il "qualcosa di meno" mi andrebbe bene, non dopo due mesi passati a fare coppia fissa.

Devo essere sincero, però. Con Alex le cose vanno bene, ma nemmeno io riesco a vivermela con quella spensieratezza che avevo sognato. Lo spauracchio del coming out inizia a diventare qualcosa di opprimente. Ogni volta che vado in giro con Alex mi sento perseguitato da occhi indiscreti. Ho paura che qualcuno possa dire ai miei genitori che mi vedo con un ragazzo. Loro non sanno ancora niente e questa situazione mi turba. Credo che fin quando non farò coming out non mi sentirò mai davvero libero di vivere la mia felicità e la mia relazione. Certo, ammesso che Alex voglia davvero impegnarsi con me.

Ho in mente, però, di sistemare tutte le questioni a breve. Domani sera sono invitato a casa dei miei per una cena informale e io sento che sarà l'occasione giusta per rivelare loro... beh... che sono gay! La cosa mi terrorizza in un modo che quasi fatico a descrivere. O meglio, mi sento come se stessi nuotando in una piscina per bambini insieme a un gigantesco squalo bianco.

Una volta risolta la questione coi miei, affronterò Alex e gli darò un ultimatum. O stiamo insieme o è tempo di separare le nostre strade. Ci siamo divertiti, senza impegno, abbiamo condiviso momenti esaltanti ma è stato tutto privo di un fine. Spero tanto che Alex non sprofondi nel panico quando lo costringerò a definire il nostro rapporto. Sarebbe una brutta batosta scoprire che, fino a questo momento, mi sono soltanto illuso.

«Thomas, ci sei?»

Jimmy mi sta fissando con aria interrogativa. Mi rendo conto di essere stato assorbito dai miei pensieri e di aver sognato a occhi aperti negli ultimi tempi. Non è insolito che rimanga sulle mie, con gli occhi persi nel vuoto. Il mio cervello è iperattivo negli ultimi tempi. Cerco di riavermi e ricambio l'occhiata di Jimmy, seduto all'altro capo del tavolo.

«Sì... È solo che penso al momento in cui parlerò ai miei. Ho una paura fottuta.»

«Fratello, ci siamo passati tutti. Tu hai un vantaggio, però...»

«Quale?»

«Non fai la drag queen.»

«Ah... ecco. Ora mi sento molto meglio. Grazie, Jimmy.»

Per fortuna che c'è Jimmy. No, sul serio, le mie giornate sono migliori grazie a lui. La sua presenza a casa è sempre motivo di ilarità. È come se mettesse i colori nella mia vita altrimenti grigia. Sono stato fortunato a ritrovarmi a vivere con lui.

Casa dei miei genitori è una villa grande il doppio di quella che possiedo in affitto. Anche il giardino è molto più grande, nonché più curato. È una struttura che si sviluppa su tre piani che culminano in un tetto a spiovente, dal quale emerge un solitario comignolo bianco.

Arrivo alla porta, dopo aver parcheggiato sul vialetto. Suono il campanello, il cuore batte senza posa nel petto.

La porta viene aperta pochi istanti dopo. «Thomas, ciao!» dice mia sorella e mi rivolge un sorriso appena accennato.

«Ciao, Allie» dico io. Mia sorella si chiama Alexandra, ma tutti in famiglia la chiamiamo Allie. Ha cinque anni meno di me e ha da poco iniziato il liceo. Ha i capelli più scuri dei miei, ma da un po' li tinge di rosso.

Insieme raggiungiamo il salone, dove attorno al lungo tavolo di mogano è già seduto mio padre. Sta leggendo un giornale, anche se sono le sette di sera. Non fa in tempo a salutarmi che sopraggiunge anche mia mamma con in mano un vassoio.

«La cena è servita. Tutti a tavola!» dice lei, sorridente. Ha i capelli legati all'indietro in una coda che la fa sembrare molto più giovane della sua età.

La cena è davvero favolosa. Mamma ha preparato un arrosto strepitoso e una decina di contorni da leccarsi i baffi. Sembra quasi che sia arrivata la festa del Ringraziamento in anticipo.

Purtroppo, però, le pietanze si esauriscono presto e arriva il momento che più temevo.

Ci siamo! Adesso devo prendere la parola. Una serie di fotogrammi mi appaiono nella memoria. Ripenso a tutti i film in cui si fa coming out a tavola e a tutte le possibili reazioni che possono scaturire da un simile evento.

Per un attimo sono tentato di colpire il bicchiere con un coltello per attirare l'attenzione, ma poi scarto l'idea: troppo teatrale.

«Vorrei dirvi una cosa, se posso...»

Papà mi guarda annoiato, mia mamma mi sorride, Allie non stacca gli occhi dal telefono.

«Dicci tutto» dice mia mamma, appoggia il mento al palmo della mano e assume un'espressione pensierosa.

«Beh... sì...»

Bip-Bip! Le notifiche dei messaggi che arrivano al cellulare di Allie continuano a interrompermi e a distogliere la mia attenzione.

«Per favore, Allie.»

«Okay!» dice lei e clicca in modo teatrale sul tasto per silenziare il telefono. Di certo, non mi aspettavo questo quando immaginavo il momento in cui avrei parlato ai miei genitori della mia sessualità.

«Allora... volevo dire che... da quando sono andato a vivere da solo le cose sono cambiate. Mi sento più maturo e...»

«Thomas, è un discorso lungo?» mi chiede mio padre. «Sai, c'è la partita in televisione.»

«Oh, no, non ti preoccupare. Vai pure a vedere la televisione» dico io. Ormai mi sono arreso di fronte alla scarsa soglia di attenzione della mia famiglia. O forse non è la serata giusta.

«Io salgo in camera, allora» aggiunge Allie e si allontana da tavola insieme a mio padre, senza chiedere permesso a nessuno. È sempre bello quando scopri di poter contare sull'affetto e l'interesse dei tuoi cari.

In sala da pranzo rimaniamo io e mia mamma, seduti a un metro di distanza. Lei mi guarda estatica, contenta di rivedere il suo figlio adorato. «Allora, cosa volevi dire?»

Sbuffo. Sono nervoso per come sono andate le cose e penso che ormai non abbia più molto senso parlarne. D'altra parte, però, fare coming out con una sola persona potrebbe essere meno complesso. Quindi, faccio ricorso a tutto il coraggio che possiedo e mi butto nel vuoto.

«Voglio che tu sappia che ti voglio bene e che non farei mai niente per farti stare male.»

Mamma assume un'espressione turbata. «Stai male? Hai fatto qualcosa di male? Oddio, è qualcosa di grave?»

Metto la mia mano sulla sua nel tentativo di tranquillizzarla. «No, niente di tutto questo. Mamma, non so come dirtelo... È solo che ho capito di essere... beh ho capito che mi piacciono i ragazzi e non le ragazze.»

La mano di mia madre sfugge all'istante dalla mia. La sua faccia cambia una decina di espressioni in meno di due secondi. Poi, dopo un respiro profondo, punta gli occhi su di me. Occhi tremanti come le sue labbra. «Thomas... davvero?»

«Temo di sì.»

«Ah...» Stringe le braccia al petto e sospira.

«Non voglio che tu stia male per questo...»

«Ah no?»

Abbasso la testa verso il mio piatto ormai vuoto. Mi sento così in colpa per quello che ho appena detto. In fondo, sapevo che sarebbe andata a finire così. Mia mamma è una cristiana praticante e non ha mai dimostrato una grande apertura verso l'omosessualità. Non potevo davvero aspettarmi niente di diverso, ma so che non è colpa sua. Non posso farle una colpa per non aver mai davvero riflettuto su tematiche che la comunità cristiana non ha mai preso in considerazione.

«Ma hai provato a stare con una ragazza, almeno?» mi chiede lei. I suoi occhi imploranti mi fanno sentire uno schifo.

Provo a rispondere, a farmi capire. Per un quarto d'ora cerco di dirle tutto quello che ho sempre provato nella mia vita e a esprimere quanto mi senta meglio da quando ho imparato ad accettare me stesso. Alla fine, mia mamma mi promette che troverà il modo di parlarne con papà e che questo non causerà una frattura nella nostra famiglia.

Mi accompagna mogia alla porta. Tiene una mano sulla mia spalla, come a volermi rassicurare, nel tragitto che conduce all'ingresso.

«Ricordati che ti voglio bene e sempre te ne vorrò» mi dice, prima che io mi avvii per il vialetto e raggiunga l'auto.

Sono solo le dieci meno un quarto. Proprio non me la sento di tornare a casa a dormire. Il coming out è stato uno dei momenti più agghiaccianti della mia esistenza. Ho bisogno di tirarmi su di morale e so che l'unica cosa in grado di farmi stare meglio è vedere Alex. Mi auguro di ricevere da lui una qualche rassicurazione. Ho fatto un passo importante e avere una persona pronta a starmi accanto e sostenermi è tutto ciò di cui ho bisogno in questo momento.

Parcheggio davanti casa di Alex e scendo. I suoi bulldog francesi stanno correndo per il giardino e mi vengono a salutare entusiasti, il loro padrone li osserva dalla soglia della porta.

«Dobbiamo parlare» dico io, dopo essere entrato in casa.

Lui mi accarezza il viso e mi fa accomodare sul divano. «Non promette nulla di buono» fa lui, in tono sarcastico.

Un'altra resa dei conti sta per cominciare.

UNA SERATA DA DIMENTICARE

«Ti vedo scosso, Thomas. Che succede?» Alex si siede accanto a me sul divano. Ha un'espressione serena.

I suoi cani ci raggiungono subito dopo. Per loro, però, saltare sul divano è proibitivo e, dopo alcuni tentativi falliti, si limitano a odorare le nostre scarpe.

«Ho parlato con mia madre. Le ho detto che mi piacciono i ragazzi. È stato orribile» dico io, d'un fiato.

«È andata così male?» Mi guarda accigliato.

«È andata come doveva andare. Adesso, però, voglio parlare d'altro.»

Alex annuisce e accarezza distrattamente la testa di uno dei suoi french bulldog. «Dimmi.»

«Sono due mesi che usciamo insieme, Alex. Mi è sempre sembrato strano che tu ti fossi deciso a frequentare una sola persona. Per non parlare di quanto mi sia risultato difficile da credere che tu avessi scelto me, tra centinaia di ragazzi sicuro più belli e interessanti di me.»

«Non ti sottovalutare, cucciolo» mi dice e mi scocca uno sguardo affettuoso. Di solito, quando mi chiama "cucciolo" finisco per saltargli addosso, ma non stavolta. Stavolta riesco a resistere all'attrazione fortissima che provo per lui. Sono talmente concentrato che riesco a ignorare la mia fantasia di strappargli la maglietta da dosso e fiondarmi con avidità sul suo corpo atletico. Okay, forse non così concentrato, ma comunque in grado di gestire la situazione.

«Il punto non è la mia autostima. Il punto è "cosa siamo noi?"»

«Siamo già a quel punto?» dice lui, stupito, stavolta lo sguardo che mi rivolge è più attento, quasi guardingo.

«Siamo a quel punto da un pezzo, credo…» Mi gratto la testa, un tic che non riesco a controllare.

«Beh… non so, Thomas. Io ho avuto un solo fidanzato. Non so se sono pronto.»

«Ma cosa cambia? Non ti sto chiedendo di firmare un contratto vincolante. Ti chiedo solamente di dire chiaro e tondo che quello che abbiamo è abbastanza… Insomma, che io e te stiamo insieme e abbiamo entrambi l'idea che questa relazione ci porterà da qualche parte, un giorno.»

«Okay…»

«Non so se mi sono spiegato…»

«Certo, ho capito, Thomas» fa lui. Ha le braccia conserte e un'espressione dubbiosa.

«Allora?»

«Io... ehm... ecco.» Abbassa gli occhi e scuote appena la testa.

Inarco un sopracciglio, stringo le labbra per il disappunto. Davvero non capisco perché sia così esitante. Abbiamo perso tempo per tutto questo tempo?

«Dimmi cosa provi per me. Non posso continuare a frequentare una persona che ha soltanto dubbi sul mio conto.»

«Io non ho dubbi su di te... è solo che...»

«Cosa? È solo che cosa?»

«Che non so se provo per te gli stessi sentimenti che provavo per Eric, quando ci siamo messi insieme.»

Okay. Basta. È finita. Mai mi sarei aspettato di ascoltare una simile frase. E pensare che sono andato da Alex per farmi rassicurare. Mi alzo di scatto, senza rivolgergli una parola e mi avvio verso la porta.

«Thomas, non andare...»

«No, invece vado» dico io e sbatto la porta alle mie spalle. Cammino rapido sul giardino. Non voglio voltarmi. È finita, *è finita*, è l'unica cosa a cui riesco a pensare.

È ufficialmente una delle peggiori serate della mia vita. Tra un coming out fallimentare e una rottura – anche se non è proprio una rottura perché non stavamo niente – mi sento una pezza. Sono così amareggiato che fatico a trattenere le lacrime. Mi tremano le mani e anche inserire le chiavi nel blocchetto d'accensione diventa una sorta di sfida con me stesso. Infine riesco a mettere in moto l'auto e a partire. Con un ultimo sguardo fugace riesco a catturare l'immagine di Alex, uscito all'esterno, che mi guarda dispiaciuto.

Cosa volevi dire quando mi hai scritto che sono una persona speciale?

Appena sono tornato a casa ho inviato un messaggio a Eric. Non pensavo a lui da così tanto tempo, ma quello che mi ha appena detto Alex mi ha fatto ritornare in mente tutti i dubbi che mi avevano assalito poco prima che Eric partisse. Ho ripensato allo strano messaggio che lui mi ha inviato il giorno prima di salire sul volo che lo avrebbe portato a New York. Lo stesso giorno in cui ho fatto l'amore per la prima volta con Alex.

Salgo in camera e mi butto a letto, senza nemmeno spogliarmi. Non ho il tempo di riflettere su ciò che ho fatto e su quello che mi passa per la testa perché il display del telefono si illumina. Eric mi ha già risposto:

E tu mi rispondi dopo due mesi? Comunque nulla di più di quello che ho detto. Sei una persona diversa dalle altre. Hai delle qualità. D'altronde, non per vantarmi, ma ho un ottimo gusto in fatto di ragazzi.

Leggo il messaggio e inizio a ridacchiare isterico, tra me e me. Immagino la voce con cui Eric pronuncerebbe quelle parole. Dio, vorrei proprio litigare con lui in questo momento. Vorrei dirgli che non ha mai fatto altro che complicarmi la vita. Ci ha provato con me, mi ha rubato un bacio, ha incasinato le cose con Alex e adesso... Io e Alex non siamo una coppia a causa sua, a causa del suo enorme aleggiante ricordo nella mente della persona che credevo sarebbe diventata la *mia persona*. Sì, perché Alex ha deciso di non stare con me perché nei miei confronti non prova quello che provava per Eric. Mi sale un conato di vomito.

Il triangolo che coinvolge me, Eric e Alex non è divertente da tempo. È assurdo tutto quello che è successo così come è assurda la confusione che mi ritrovo in testa da mesi.

Mi piace Alex, Alex non si toglie dalla testa il ricordo di Eric ed Eric è a New York. Volato via proprio quando iniziavo a chiedermi se non fossi attratto da Eric almeno quanto fossi attratto da Alex. Oddio, che incubo!

Settimana prossima torno a Macon. Devo firmare alcuni documenti per conto di mio padre. Se ti va ci prendiamo un caffè.

Non so davvero che rispondere. Non so come reagire. Il fatto che non torni per rimanere mi mette in allerta. So bene che, anche se scoprissi che è lui e non Alex il mio uomo ideale, non potrebbe accadere niente. Lui tornerà a New York e io resterò qui a piangere sul latte versato.

Le mie dita vagano incerte sopra il display del telefono. Ancora non ho deciso cosa scrivergli e, dopo averci rimuginato un po', scelgo la strada del silenzio. Voglio riposarmi un po', prima di decidere cosa fare e quale strada imboccare. Ho il timore che accettare un invito di Eric possa essere solo una vendetta nei confronti di Alex che, nemmeno un'ora fa, mi ha rifiutato.

Cosa farò? Mi sa tanto che al triangolo è rimasto un solo lato, il mio. Rimarrò da solo, ma non posso sorprendermi più di tanto. Non potevo certo sperare di trovare l'amore della vita subito dopo aver fatto coming out. Sarebbe stato come vincere alla lotteria e io non ho quel tipo di fortuna.

LIVIDI

«Quindi non vuoi vederlo?» Jimmy è sorpreso della mia decisione.

Sbuffo. Mi sembra assurdo dover giustificare la mia decisione di non incontrare Eric. Domani sarà di nuovo a Macon e rimarrà in città soltanto per qualche giorno, prima di ritornare a New York. Non vedo il motivo di incontrarlo, in tutta onestà.

Jimmy sta mangiando il suo frozen yogurt con avidità, io, invece, sono troppo pensieroso per mangiare con vero appetito. Siamo all'interno di una gelateria poco distante da casa nostra. Attorno a noi c'è un fitto chiacchiericcio misto alla musica proveniente dalla radio.

«Secondo me, dovreste vedervi... per chiarire, insomma.»

«Se dovessi vedere qualcuno, quel qualcuno sarebbe Alex. Almeno credo...» replico io e mi gratto la testa.

«E perché mai? Non ti ha nemmeno mandato un messaggio dopo averti detto che non intende impegnarsi con te.»

«Ha detto molto di più» dico io, con amarezza. «Ha specificato che non prova un sentimento abbastanza forte. Non prova gli stessi sentimenti che provava per il suo ex che, per la cronaca, è lo stesso Eric con cui mi vorresti fare uscire.»

Jimmy scuote la testa. «Ti sei andato a cacciare in una bella situazione. Non c'è che dire. Ma non credere che sia eccezionale nella comunità gay. Non sai quante situazioni imbarazzanti ho visto in vita mia.»

«Non credo sia molto rassicurante...»

«Non lo è, infatti. Ma che possiamo farci?»

Sbuffo un'altra volta. «Mi sa che forse è meglio rimanere da soli. Non ho mai avuto di questi problemi prima di fare coming out.»

«Non hai mai nemmeno fatto sesso prima di fare coming out.» Jimmy scoppia a ridere e io fatico a stento a trattenere l'impulso di prenderlo a pugni.

Ci siamo. Sono le sette e trenta di sera e io fisso il display del mio telefono. Domani Eric sarà a Macon, sarà a due passi da dove mi trovo io. Non più irraggiungibile nella Grande Mela. No, se vorrò, potrò incontrarlo. Potrei scrivergli e accettare l'invito che mi ha fatto la settimana scorsa. Potrei andare a prendere un caffè con lui e magari dargli davvero la chance di farsi conoscere. Dargli l'occasione di fare breccia nel mio cuore e di superare tutte le mie ritrosie degli ultimi mesi. Ma so di starmi ingannando. Penso a Eric perché non voglio pensare ad Alex. Eric mi piace, davvero. È un ragazzo interessante e pieno di qualità. Però... dopo aver passato due mesi insieme ad Alex sarei ipocrita a dire che nella mia testa c'è Eric. No, Eric è la strada che ho deciso di non percorrere. Forse era la strada giusta, ma adesso non posso fare finta che questi due mesi non siano esistiti. Non posso fare finta di non provare niente per Alex.

Dannazione! Sono state così complicate queste settimane. Mi sento la testa sotto una pressa. Non faccio che ripensare alla delusione negli occhi di mia madre quando le ho detto che sono gay. Così come non riesco a smettere di pensare ad Alex e a quella rassegnazione frammista ad apatia con cui mi ha dato il benservito.

Eppure, per me non è finita. No, non è finita.

Prima che me ne renda conto, sono uscito fuori di casa. Sono sfrecciato fuori dalla porta davanti agli occhi straniti di Jimmy che si stava esercitando a performare una canzone di Selena Gomez.

Mi allontano dalla mia casa gialla a bordo della mia Chevrolet ad alta velocità. Casa di Alex è così vicina che sono davanti alla porta di casa dopo quelli che mi sono sembrati soltanto pochi secondi.

Il cuore batte all'impazzata. Sento i suoi cani abbaiare. Fanno sempre così, quando qualcuno bussa alla porta.

«Un attimo...»

È la voce di Alex. Per fortuna è a casa. Non avrei sopportato un viaggio a vuoto.

Dopo poco mi apre. Non appare contento di vedermi. Lo vedo irrigidirsi di fronte a me. «Ehi, Thomas. Che ci fai qui?»

«Beh... penso che non possa finire tra noi a quel modo...»

«Che intendi dire?»

«Ho capito che non mi ami come amavi Eric, ma io penso che tra noi ci sia qualcosa. Non saremmo stati insieme tutte quelle volte, se non fosse così... Oh, ti prego, posso entrare? Non voglio fare questo discorso in giardino.»

Alex sospira, poi scuote la testa. «Non credo sia un buon momento.»

Dio, mi sembra di essere in un film. Eccomi, il ragazzo che vuole sistemare le cose che fa l'improvvisata a casa dell'altro solo per beccarlo con un altro. Sì, perché ormai ne sono certo: Alex non è solo. Ha un'espressione troppo colpevole e tutto l'atteggiamento del suo corpo mi fa capire che non mi è permesso entrare in casa.

«Non sei da solo, vero?»

«Thomas, senti...»

«No, non serve. Non dire niente.» Stringo i pugni e chino la testa, solo per non mostrare il volto a lui. Sto piangendo. Sto piangendo a dirotto. Mi giro di scatto: non voglio che veda la mia tristezza. Non merita niente da me, non merita di essere amato da qualcuno come me. Forse non merita proprio di essere amato.

Apro la portiera della macchina e penso a quanto avesse ragione Vanessa. Lo aveva sempre detto: Alex è una persona inaffidabile. Uno dei tanti. Muscoli scolpiti, profilo da influencer e l'emotività di un manico di scopa.

Rido nervoso e cerco di contenere le lacrime. Sono di nuovo in strada. Sono disperato e ho una fottuta paura di fare un incidente. Però, non dovrei stare così. Cioè, ero preparato: sapevo che mettermi in gioco significava anche rischiare che qualcuno mi spezzasse il cuore. *È successo*, mi dico, *mi renderà più forte*. Sono un grandissimo sciocco? Non lo so. So solo di ritornare ammaccato a casa, pieno di lividi. Non lividi evidenti a occhio nudo, ma lividi all'anima.

La verità è che perdere la verginità non è niente in confronto al momento in cui vivi la prima vera delusione d'amore. Quella sì che è un'esperienza che ti cambia la vita. E ti lascia pieno di lividi.

SOLO PER STANOTTE PT. 1

Eric è in città. Me lo ha detto Jimmy. A dire il vero, Jimmy lo ha incontrato questa mattina. Hanno preso un caffè insieme. Si sono rincontrati dopo i mesi passati distanti, a causa del trasferimento di Eric. Almeno loro hanno avuto l'occasione di ritrovarsi.

Mi sono mangiato le mani per tutto il tempo in cui sono stati insieme. Ho passato quasi tutta la mattina a chiedermi perché avessi deciso di non accettare l'invito di Eric. In fondo, potevo benissimo aggiungermi a loro. O, meglio ancora, potevo anche accettare di uscire con Eric da solo.

Mi tormento, malgrado sappia che c'è una differenza fra il rapporto che lega Eric e Jimmy e quello che avrebbe potuto legare Eric a me. Non fosse altro che l'ho sempre respinto. Sapere di averlo respinto perché avevo la testa e il cuore impegnati da quell'imbecille di Alex adesso mi fa sentire un grandissimo idiota. Ma questa è un'altra storia. Una storia finita molto, molto male. E io mi sono imposto di non soffermarmi sul pensiero di Alex. Quello che è accaduto ieri ha davvero sancito la fine di ogni speranza. Io e Alex non staremo mai insieme, mai per davvero.

Devo iniziare a concentrarmi sul fatto di essere single. Da oggi non devo rendere conto a nessuno delle mie decisioni. Soprattutto non dopo che Alex è andato a letto con un altro, pochi giorni dopo la nostra lite. Ma posso davvero definirla una lite? No, in realtà, sarebbe più corretto dire che lui mi ha soltanto detto di non provare un sentimento abbastanza forte per me da voler creare qualcosa di duraturo. Ora, però, posso godermi questi attimi di libertà. E anche qui, ci vuole un bel po' di coraggio a chiamarla "libertà", visto che ho pianto fiumi di lacrime da quando sono tornato a casa, dopo aver scoperto che Alex era a letto con un altro.

Tuttavia, non posso negare che quello che è successo ha avuto un risvolto positivo. Ha risolto gran parte della mia confusione. Non esiste nessun triangolo amoroso così come non esiste nessuna ragione per cui io debba rinunciare a conoscere meglio Eric. Ammesso che io lo voglia, considerato che il pensiero di rivederlo partire nell'arco di due giorni continua a scoraggiarmi.

Mi sto arrovellando da così tanto tempo sulle possibilità da sentirmi stanco, estenuato per il troppo pensare.

Il vero problema è che quando soffri come un cane, hai molto tempo libero perché non riesci a essere produttivo e, quindi, accantoni tutte le attività. E questo tempo libero è un'arma a doppio taglio. Più pensi, più soffri. E le persone che soffrono sono più predisposte a prendere decisioni avventate.

Dopo averci riflettuto su per circa quattro ore e mezza ho scritto a Eric e gli ho proposto di vederci stasera. Sempre che abbia del tempo da dedicarmi. Non ho grandi aspettative. Sono sicuro che dovrà vedere altri amici o qualcosa di simile... BIP!

Oh, mi ha risposto. Non esagero, se dico che mi sono quasi slogato il dito a sbloccare lo schermo per leggere il messaggio:

Ti passo a prendere alle 7. Ti va bene?

Okay. Sono felice di questa risposta, ma so che le cose ora sono davvero complicate. Non solo lui è l'ex dell'unico ragazzo con cui ho avuto una storia, ma lui vive in un'altra città e io l'ho respinto più di una volta. Potrebbe anche succedere che sia lui a non essere più interessato così come non escludo che questo desiderio di vederlo sia frutto di un desiderio di dimenticarmi di Alex piuttosto che di un autentico desiderio di passare del tempo con Eric.

Ciuf! Ciuf! Il mio cervello è ormai prossimo a deragliare. Prima di impazzire, però, riesco ad accettare la sua proposta con un messaggio invero assai laconico.
Va bene alle 7.

Eric è arrivato. È in ritardo di venti minuti e io sono di vent'anni più vecchio a causa di tutti i tormenti che mi hanno attraversato la testa nell'attesa del suo arrivo.

Scendo di casa e avanzo a passo svelto verso l'Audi di Eric. Lo guardo e lo trovo cambiato. Si è fatto crescere la barba e anche il ciuffo è più lungo. La faccia, però, è la solita. Un trionfo estatico di sicurezza sul quale si dipinge un sorriso compiaciuto.

Salgo in macchina e mi sento scosso da una miriade di scosse elettriche. Sono agitatissimo. Non so perché, ma sono così contento di rivederlo e di essere con lui.

Dopo i consueti convenevoli, lui mi rivolge una domanda scottante: «E che mi dici di questi mesi? Cosa è successo mentre ero via?»

Io arrossisco. «Sicuro che vuoi saperlo?»

«Penso di sì. Voglio capire cosa ti ha ridotto così?»

«In che senso?»

«Sei sciupato, tremi e balbetti. La vita non è stata clemente con te in questi ultimi tempi.»

Non so se essere infuriato, offeso o lusingato per il fatto che sia riuscito a leggermi dentro e a comprendere come mi sentissi.

Dato che con Eric le bugie di comodo non sono una strada percorribile, mi decido a vuotare il sacco.

«Sono stato con Alex. O... sarebbe meglio dire che ci siamo frequentati. Sì, lui approverebbe questo termine.»

Eric sorride appena a sentire la mia ultima frase. «Quindi, nessuna relazione ufficiale?»

«Ehm... no. Anzi, è stato proprio questo il problema. Sono andate bene le cose tra noi. Almeno dal mio punto di vista. Però, a un certo punto, ho proprio sentito l'esigenza di definire come stavano le cose.»

«E ti sei scontrato con un muro» mi anticipa lui. Guarda la strada davanti a sé, senza degnarmi di un'occhiata.

«Proprio così. Ma non è tutto... dopo aver litigato, ho provato a tornare sui miei passi, ma quando sono andato da lui. Beh... si era già consolato con un altro.»

«Capisco» dice soltanto lui. A questo punto, fa inversione e si infila in un parcheggio desolato.

«Perché qui?»

«Non ho molta fame. Preferisco rimanere a parlare con te, ma se hai paura, ci spostiamo in un posto più illuminato...»

«No, va bene» dico io, ancora troppo coinvolto dalla discussione per ragionare in modo lucido.

«Senti, Thomas, mi dispiace.»

«Per cosa?»

Lui spegne l'auto e si volta verso di me. «Alex... Alex non dovrebbe essere il primo di nessuno. Tanto meno di uno come te. Sei troppo buono per star dietro agli Alex di questo mondo.»

«Beh... tu hai superato alla grande il tuo periodo con Alex.»

«Oh, no...» Eric ride. «È stato terribile chiudere quella storia. Ci avevo creduto sul serio che potessi essere io il suo compagno per la vita. Ma lui non amerà mai nessuno abbastanza per costruire un progetto di vita condiviso.»

«Dispiace anche a me, allora.»

«Però c'è un aspetto positivo.»

Strabuzzo gli occhi. «Quale?»

«Che ora sei più maturo e sai che spesso i ragazzi ti spezzano il cuore. Devi metterlo in conto ed essere preparato.»

«Ah...»

«E poi...»

«Sì?» Sono speranzoso. Non ho più dubbi: vorrei che facesse una mossa, vorrei che ci provasse con me stasera. Vorrei che mi facesse dimenticare per qualche ora tutto il dolore causato da Alex.

«E poi penso di avere una nuova opportunità, ora che Alex ha rovinato tutto...»

«Davvero? Nonostante abbia scelto lui tutte quelle volte?»

Eric mi sorride. Un sorriso privo di quell'autocompiacimento che lo contraddistingue. È un sorriso sereno.

«Stanotte stiamo insieme?» glielo chiedo. Non resisto all'istinto. Vorrei davvero tornare a casa con lui, salire le scale, tenerlo per mano e poi dormire abbracciato a lui. Sono egoista, forse, dato che mi sto approfittando dell'ascendente che – per chissà quale ragione – ho nei suoi confronti.

«Cosa intendi...?» A un tratto, la sicurezza sparisce dal volto di Eric. Sembra fragile e frastornato anche lui.

«Mi hai capito.»

SOLO PER STANOTTE PT. 2

«No, Thomas, non è il caso» risponde lui. È serio, quasi infastidito.

Mi sento piccolo, piccolo. Di certo non mi aspettavo che rispondesse così alla mia proposta di trascorrere una notte insieme. «Mi dispiace averti offeso.»

«Non mi hai offeso. È solo che... hai appena rotto con Alex e io dopodomani torno a New York. Non so nemmeno se ci sarà altra occasione per rivederci. Non credo che sia il caso. Tutto qua. Mi sembrerebbe un errore.»

Abbasso la testa, rammaricato e imbarazzato. «Hai ragione.»

Lui mi dà un buffetto sulla guancia. «Non restarci così male. Se ti dico di no è perché so chi sei, so quanto vali e soprattutto so quanto sarebbe difficile anche per me scordarmi di questa notte e ritornare a New York.»

«Ma che ne sai? Magari sarebbe brutto. Anzi, no, potrebbe essere addirittura terribile.»

Scoppiamo a ridere e la tensione si è smorzata.

Capisco che il momento è passato. Eric e io potevamo essere qualcosa qualche mese fa. Ormai, la sua vita è altrove e una notte insieme complicherebbe soltanto le cose. Eppure, mi chiedo perché lui abbia parlato di un'altra possibilità, visto che ha deciso di non sfruttare l'unica notte che l'universo ci concede.

Quattro giorni dopo il mio appuntamento con Eric sono al The Hole e sono ubriaco fradicio.

Ho passato gli ultimi giorni a chiedermi perché le cose siano andate male con Alex e a colpevolizzarmi per averci provato con Eric. Giorni orribili, passati tra lacrime e canzoni deprimenti di Adele. Nonostante i tentativi di Jimmy e di Vanessa di risollevarmi il morale, il mio umore non è migliorato.

Da qui l'idea di tornare in discoteca. Anche se è qui che è cominciata la storia con Alex.

Ho iniziato a bere dopo essermi accorto che – come prevedibile – anche Alex era all'interno del locale. Ha passato quasi tutta la sera a ballare con un tipo che ha dei bicipiti grandi quanto il mio torace e sembra non gli importi niente del fatto che anche io sia qui. Vorrei avere un briciolo della sua strafottenza, penso che vivrei molto meglio.

Jimmy è impegnato a esibirsi sul palco e non può tenere sotto controllo la mia assunzione di alcolici e, quindi, faccio finta di divertirmi. Utilizzo l'alcol per dimenticare e la testa esplode come il cuore, al ritmo dei bassi potenti che provengono dagli altoparlanti.

Dopo un paio d'ore a ballare come un ossesso, nella speranza di accantonare il dolore che prova a farsi avanti più forte del delirio alcolico, perdo di vista Alex. Forse se ne è andato. È un vero sollievo. Rido da solo, al centro della pista. Penso di essermi liberato, almeno per questa sera, del fantasma di Alex.

Mi dimeno, sorridente. Mi sento più leggero ora che Alex non è più in vista. Dopo poco si avvicina un ragazzo a me. È altissimo e magro da fare impressione. Ha gli occhi verdi e un pizzetto ad ancora.

«Perché ridi?» mi chiede.

«Non importa.»

Senza chiedere permesso, lui mi appoggia le braccia sulle spalle e continuiamo a ballare, vicini. Non mi rendo conto nemmeno di quello che faccio. Nel giro di venti minuti, mi butto tra le braccia del ballerino misterioso, di cui non so il nome. Inizio a baciarlo con foga. Non mi importa se questo comportamento sia contrario a tutti i miei principi (e anche a un bel po' di regole igieniche).

«Ehi, ehi... calma» mi dice lui, a un certo punto; si scosta dalle mie labbra.

Io mi sento confuso. Le gambe tremano, eppure non voglio fermarmi. Mi sento libero, più leggero di quanto non mi sia sentito nelle ultime settimane.

Lo bacio ancora. La mia timidezza è andata in vacanza insieme ai miei ultimi neuroni sobri, a quanto pare.

«Okay, okay... vieni.»

Mi prende la mano e mi porta verso l'esterno del locale. Immagino che, ormai, si sia convinto a chiudere la serata in bellezza insieme a me. Incomincio a ipotizzare tutto quello che potrebbe succedere nel corso dei prossimi minuti, ma in scena appare Jimmy. Ha appena finito di cambiarsi. È sobrio e ha un'espressione severa sul volto. Separa con un gesto rapido la mia mano da quella dello sconosciuto che mi stava portando fuori dal locale.

«Non sta bene. Ha bevuto troppo.»

«E tu chi saresti?» chiede lo spilungone.

«Sono il suo coinquilino.»

«Okay, come vuoi.» Quello scrolla le spalle, nemmeno troppo deluso di essere stato interrotto e io rimango solo con Jimmy.

«Thomas, quanto hai bevuto? Puzzi di distilleria. Stavi andando a farti una sveltina con uno che assomigliava a Squiddi di Spongebob.»

Un lampo di lucidità mi attraversa e io riprendo coscienza di me. Inizio a piangere quasi subito. Il dolore ritorna e a esso si aggiunge anche il senso di vergogna. Jimmy mi carica in auto. Dirige i miei movimenti traballanti. Mi affloscio mogio sul sedile, dove continuo a piangere, ormai incapace di darmi un contegno.

Jimmy merita la mia riconoscenza per avermi fermato prima che commettessi un errore di cui mi sarei senz'altro pentito.

EMAIL NOTTURNA

Non riesco a dormire questa notte. Sono passati tre giorni dalla mia folle notte in discoteca. Il ricordo della versione umana di Squiddi mi tormenta ancora. Come ho potuto comportarmi a quel modo? Mi sono avvinghiato a un ragazzo che non conoscevo e che, nel mio delirio alcolico, neppure riuscivo a distinguere nella penombra del locale. Cosa mi è passato per la testa?

In realtà, una spiegazione ce l'avrei pure, ma non serve a giustificarmi. Il fatto che io soffra come un cane non mi permette di comportarmi da completo imbecille.

In questi giorni mi sono buttato a capofitto sul lavoro. Ho riparato più computer oggi di quanti ne abbia riparati la settimana scorsa. Uccidere i virus informatici e dare spiegazioni alle signore di mezza età su come utilizzare i loro costosi portatili è diventato l'antidoto perfetto al dolore che mi stava facendo crollare. O almeno credo. La sensazione di vuoto e insensatezza che mi trascino dietro dopo la rottura con Alex e la singolare serata insieme a Eric sono diventate ormai un macigno. Soltanto tenermi occupato mi dà un sollievo, ma si tratta sempre di un sollievo a tempo. In attesa di ripiombare nella malinconia più nera.

La mia sofferenza, però, non deve ingannarmi. Ho riflettuto a lungo sulla fine della mia storia con Alex e sono giunto alla conclusione che fosse inevitabile. Non eravamo fatti per stare insieme. Il senso di vuoto poco c'entra con la sua perdita. Forse è semplicemente il retrogusto amaro di tutte le speranze a cui mi ero assuefatto quando era incominciato il mio triangolo amoroso.

Se riuscissi a essere più lucido e a godermi il positivo delle mie giornate, forse riuscirei anche ad ammettere che Alex mi manca molto meno di quanto avrei creduto. In qualche modo, la nostalgia è sopportabile. Niente a che vedere con il dolore estenuante che ho sperimentato nei giorni successivi al nostro ultimo incontro. Il fatto che lui ci abbia messo molto poco a consolarsi ha accelerato il mio processo di allontanamento. Trovarlo insieme a un altro pochi giorni dopo la nostra lite mi ha fatto capire che non ne valeva proprio la pena.

Ma non è facile pensare sempre in modo lucido. Ci sono quei momenti di silenzio in cui il mio umore affonda come una nave spezzata a metà che viene invasa dall'acqua.

È la notte il momento peggiore della giornata, quando appoggio la testa sul cuscino e inizio a ripassare tutti gli eventi degli ultimi mesi, e rifletto su cosa avrei potuto fare di diverso. Non riesco mai a togliermi dalla mente che, se non è andata con Eric, è tutta colpa mia e della mia stupida immaturità. Proprio a Eric sto pensando stasera. Accendo il pc e lo schermo illumina d'azzurro la mia stanza buia.

Voglio scrivere una mail a Eric. Ho bisogno di togliermi dalla testa tutte quelle parole che sono rimaste intrappolate e che ora stanno sviluppando un vero e proprio ecosistema abitato da ansie e rimpianti.

Apro GMAIL con mano svelta. Sento già le parole pulsare nella testa e nelle dita, ansiose di battere sulla tastiera. Anche quei secondi di caricamento della pagina sono una mazzata, durante la quale mi guardo attorno. Vedo i miei occhi riflessi sul vetro della finestra, vagamente illuminata dai lampioni. Ho le occhiaie. Dovrei dormire, ma non riesco. Ecco, però, che compare la pagina e io sono pronto per scrivere.

Caro Eric,

Mi dispiace non averti mandato nemmeno un messaggio in questi giorni. Sono stato un po' incasinato. Spero, però, che Jimmy non ti abbia raccontato della mia serata al "The Hole".

Sento di aver toccato il fondo. Forse l'ho toccato già l'altra sera, quando ti ho chiesto di passare la notte insieme a me. Il pensiero di quella assurda e ridicola proposta mi toglie il sonno almeno quanto me lo toglie il ricordo di Alex e di quello che hanno rappresentato gli ultimi mesi per me.

Voglio dirti che ti ringrazio. Ti ringrazio di cuore per avermi trattato sempre con rispetto e gentilezza. Certo, a parte quella volta che mi hai baciato in modo un po'... invadente? Impulsivo? Non so nemmeno la parola giusta da utilizzare. Pazienza. Sono contento che almeno una volta un bacio tra di noi ci sia stato. Anche perché, se non avessi conosciuto Alex (se solo avessi avuto la testa libera, dannazione!), penso che mi sarei tuffato a bomba su di te. Okay, mi stavi un po' antipatico all'inizio, ma ammettiamolo: non sembri proprio il più alla mano dei ragazzi, sulle prime.

Voglio dirti anche che spero che New York ti dia tante, tantissime opportunità. Te le meriti. Meriti il successo – okay, non so davvero che lavoro fai, ma sono dettagli – perché sembri un tipo in gamba, e lo dico davvero. Non ti avrei chiesto di andare a letto insieme, altrimenti...

Scherzi a parte. Ti chiedo ancora scusa per come mi sono comportato l'altra sera.

Sarebbe bello se ci potessimo rivedere come vecchi amici, quando e se tornerai in città. Adesso passo e chiudo. Devo forzarmi a dormire, perché i Mac delle mogli trofeo di questa cittadina non si riparano da soli e domani avrò bisogno di tutte le mie energie per il lavoro.

A presto, Eric!
Stammi bene.

Non rileggo nemmeno quello che ho scritto. È uscito fuori dal cuore, frutto di un impulso che non ho saputo controllare. Questa è la ragione per cui sono sicuro di aver detto tutto quello che avevo bisogno di dire. Sono a posto con me stesso. Mi sembra di aver chiuso il cerchio, in qualche modo. Per quanto Eric abbia detto di essere contento che fossi di nuovo single, sono consapevole che la distanza è un ostacolo troppo complesso perché tra noi succeda qualcosa.

Ma soprattutto non devo pensare all'eventualità che tra me e lui succeda qualcosa prima di dormire.

Mi ributto a letto, immaginandomi il volto di Eric. È un pensiero più dolce di quanto non lo fosse soltanto un quarto d'ora fa. Sì, quella email mi ha davvero svuotato. Forse stanotte riuscirò a dormire, forse il pensiero di Eric non sarà più un tormento.

Arriva la pace. Mi addormento.

FAMIGLIA?

Mio padre ha una faccia da funerale, gli occhi e le labbra calati all'in giù, come se fosse un gigantesco Bassett Hound. Mia sorella e mia madre sono silenziose, guardinghe, incerte se intervenire.

La cena di oggi a casa dei miei si è trasformata in una piccolissima invasione della Polonia. Mio padre che non ha resistito nemmeno il tempo degli antipasti prima di sganciare la bomba. Ha iniziato ad attaccarmi. «Fai soffrire la mamma» mi ha detto. «Dopo tutto quello che abbiamo fatto per te... Non siamo stati dei buoni genitori? È questo quello che vuoi dirci? Vuoi farci pesare qualcosa?»

Mamma gli ha parlato del mio coming out e i risultati non sono stati dei migliori. Ma, in fondo, cosa dovevo aspettarmi? Certo avrei evitato la tiritera sulla perdizione.

«Ti abbiamo sempre spiegato che esiste una strada giusta e tu scegli un cammino di peccati, di perversione... Ci fai soffrire, Thomas. Non puoi venirci a dire che sei...»

Non ha avuto nemmeno la forza di dire "gay". Che poi, un po' lo capisco anche io. Quella parola è stata un tabù per me per così tanto tempo che mi stupirei a sentirla pronunciare con leggerezza.

Incasso le sue parole senza fiatare, i pugni stretti. Mi sento piccolo. Mi rifugio nei meandri della mia coscienza, come se non fossi davvero lì. È l'unico modo per sopportare le sue parole.

«Ma poi, lo dicono tutti in chiesa... l'omosessualità è una trappola del demonio?» continua a blaterare lui, che pare non avere proprio voglia di mangiare.

Non mi sono mai accorto che nella mia famiglia ci fosse questa becera ritrosia sull'argomento. Certo, immaginavo che per due cattolici praticanti un figlio omosessuale non fosse il massimo della vita, ma questi discorsi speravo proprio di non sentirli.

Mi alzo. Ho capito di non essere più gradito. Non riesco nemmeno più a fare finta di non essere presente e a farmi scivolare addosso le accuse.

Per fortuna che ho lasciato la casa dei miei qualche mese fa. Non avrei saputo sopportare una convivenza forzata, non avrei potuto sopportare di essere sgradito alle persone che, più di tutte le altre, avrebbero dovuto amarmi.

Mio padre mi vede in piedi e grugnisce. Mia madre resta a bocca aperta. Inizio ad allontanarmi dalla sala da pranzo, senza nemmeno voltarmi indietro. Alexandra, però, mi segue.

«Dove vai? Resta...» protesta mia sorella con un filo di voce.

«No. È chiaro che questo non è il mio posto.»

«Non dire così.»

«Ho torto?» Mi volto e lancio uno sguardo severo a mia sorella. Lei esita un attimo, incerta se replicare ancora, ma rimane in silenzio. Siamo arrivati nell'anticamera, a pochi passi dalla porta che conduce in giardino, dove mi aspetta l'auto e la libertà garantita dalla mia appena conquistata indipendenza.

«Thomas, lo sai come sono fatti mamma e papà...» Non sembra convinta nemmeno lei. Leggo un enorme dispiacere sul suo volto e capisco che per lei non è cambiato niente a seguito della mia rivelazione. Non siamo stati mai anime particolarmente affini, ma ci siamo sempre voluti bene e so che lei mi sarà vicina, se glielo chiederò.

«No, non lo so. O almeno non mi aspettavo fossero dei bigotti fino a questo punto!» Alzo la voce: voglio che mi sentano dall'altra stanza. Non mi interessa mantenere le apparenze. Non riesco a rispettare chi ha deciso di voltarmi le spalle in un periodo che, per me, è difficile e pieno di insidie. Avrei solo bisogno di qualcosa di semplice. Semplice come dovrebbe essere il sostegno e l'affetto dei genitori nei confronti dei figli.

«Thomas, ti prometto che provo a sistemare la situazione io» dice Allie, mi guarda con l'espressione affranta. Sta resistendo anche lei. La vedo provata dalla tensione e io mi sento in colpa: non avrei voluto coinvolgerla in questo scontro a fuoco tra me e i nostri genitori.

Io trattengo a stento le lacrime, lei si avvicina a me. Cinge il mio collo col braccio destro e mi stringe in un abbraccio delicato. Un abbraccio rapido, imperfetto e necessario. Un abbraccio che mi fa sentire un po' a casa mia in un momento in cui stavo facendo fatica persino a riconoscere le pareti. Mi sembrava tutto così alieno e spaventoso prima che Alexandra mi abbracciasse.

«Sei sempre il mio odioso fratellone con le orecchie a sventola.» Lei sorride, con la voce rotta dalla commozione.

«E tu la mia sorellina dalla testa vuota.»

Mi allontano da lei. Ci guardiamo per un lunghissimo attimo. È come se avessi aperto gli occhi dopo tanti anni, come se vedessi la prima luce dell'alba dopo una notte durata un'eternità tanto è il sollievo che riempie la mia mente quando i miei occhi si adagiano sul corpo e sul viso rigato dalle lacrime di mia sorella. *Ci riprenderemo, la mia famiglia si riprenderà,* mi ripeto. Osservare una parte della mia famiglia ancora stretta a me è il briciolo di speranza a cui so già che mi aggrapperò nei giorni che verranno.

Le nostre mani si scollano, proprio nell'attimo in cui vedo avvicinarsi alla porta mia madre. Ha la faccia rossa e agita le mani in aria. Sembra incapace di posizionarle in modo consono, di articolare una parola sensata o di muovere un passo deciso. È là, sempre più vicina ma ancora lontana, torturata dalle due anime che la attraversano: la madre amorevole e la donna dalle convinzioni incrollabili.

Non mi fermo nemmeno il tempo di salutarla. Me ne vado, sbatto la porta e corro in auto.

È ironico quanto di frequente, nelle ultime settimane, mi capiti di abbandonare un'abitazione a tutta velocità. Se non altro, il mio coming out ha reso la mia vita meno noiosa. Mi forzo di sorridere, di vedere il lato positivo di ogni cosa, malgrado tutto. Non sono stati tempi semplici. Ma, d'altra parte, non è stato un caso che io abbia aspettato ben ventitré anni prima di dire alla mia famiglia di essere gay. Mi sono costretto a reprimere me stesso, a rinunciare alla mia felicità, pur di evitare tutti i problemi che sto affrontando negli ultimi giorni.

Però, adesso che tutto quello che poteva andare male è andato male, sono quasi soddisfatto. Ora sono certo di essere stato miope. Non c'è dolore, infatti, tanto grande da giustificare la codardia e non c'è delusione abbastanza grande da valere la mia felicità. Ho perso troppo tempo e ho scelto di non perderne più. La consapevolezza che ho acquisito con le esperienze degli ultimi tempi mi servirà. Sono cresciuto e forse – non vorrei cantare vittoria troppo presto! – adesso so cosa voglio fare della mia vita.

Fanculo la paura e chi non capirà, voglio vivere la mia vita in modo autentico!

Certo, non voglio mandare al diavolo i miei genitori, ma in questo momento la rabbia è così tanta che fatico anche soltanto a immaginare un modo per ricomporre la frattura.

L'auto sfreccia per la strada ma va più lenta della mia mente che ha già superato la questione genitori. In questo momento di riflessione, mi rimbalza nella testa il pensiero di Alex. Ma sì, che si fottano pure gli Alex di questo mondo. Non ho bisogno di persone talmente innamorate di loro stesse da essere incapaci di amare gli altri, o, per lo meno, di rispettarli.

Mandare al diavolo nella mia testa tutte le persone che mi hanno fatto soffrire nelle ultime settimane è liberatorio. Mi sento già meglio e quasi non mi preoccupo del fatto che Alex sia tornato nei miei pensieri. Faccio un respiro profondo e mi rassicuro. In fondo, gli amori finiti lasciano sempre una traccia. Chissà quante altre volte Alex farà capolino nella mia testa?

Scrollo la testa, come se potessi liberarmi dei pensieri in modo così semplice, e imbocco la strada di casa mia. Parcheggio l'auto dietro quella di Jimmy e scendo senza guardarmi intorno.

Attraverso il vialetto a testa bassa, con passo dinoccolato. In lontananza il frinire di un grillo fa da sottofondo ai miei passi solitari. Penso davvero che la giornata sia finita. Nel bene o nel male, è tutta esperienza guadagnata.

Pregusto una bella doccia rigenerante, ma i miei propositi svaniscono all'istante non appena apro la porta. C'è qualcosa di profondamente strano nel salotto. Ci sono un paio di palloncini gonfiati a elio ai lati della stanza e un uomo con in mano un mazzo di fiori enorme a pochi metri da me. Non è Jimmy, però. No, Jimmy è seduto sullo scalino con una faccia perplessa.

L'uomo che regge i fiori è Alex. Lo riconosco non appena si decide ad abbassare il mazzo e a mostrare un sorriso enigmatico. *Che diamine ci fa qui?!*

SCUSE

«Thomas...»

«Chi ti ha fatto entrare?» La mia reazione è rabbiosa. Non so perché ma il fatto che sia venuto in casa mia, con palloncini e fiori, mi fa solo venire voglia di urlare. E di prenderlo a schiaffi. Certo, uno schiaffo non ci starebbe male.

«Thomas...» ripete lui, ancora una volta senza proseguire.

«Che c'è?» dico io, scettico. Lui avanza verso di me con passo esitante.

«Sono qui per chiederti scusa.»

«Per cosa?»

«Come per cosa?»

«Non si chiede scusa a una persona solo perché non provi dei sentimenti nei suoi confronti. Sarebbe assurdo...» La mia voce è più acuta di quanto non lo sia mai stata. Rimango comunque sorpreso di me stesso: non pensavo di riuscire a formulare una frase sensata.

Ma perché è qui? Non provo nessun piacere nel rivederlo né le sue scuse mi fanno sentire meglio. È troppo tardi. Adesso, Alex in questa casa, con quel mazzo extralarge, è soltanto fuori luogo.

Avrei soltanto voglia di mettermi a letto. La tentazione di buttarlo fuori di casa senza troppe cerimonie è molto forte, ma riesco a contenermi. Sono troppo educato per abbassarmi a questi livelli.

«Volevo chiederti scusa per non averci creduto fino in fondo. Mi sono reso conto che mi manchi, più di quanto mi sarebbe piaciuto ammettere. Mi manchi, Thomas. Lo dico sul serio. Non volevo...»

«Andare a letto con un tizio a caso, mentre io mi struggevo pensando a te?» Rido amaro. Poi faccio qualche passo avanti. Scanso la figura di Alex e mi dirigo al frigorifero. Estraggo una lattina di Pepsi e la apro con un movimento secco. Non so perché ho voglia di bere, ma so che ho voglia di farlo. Forse ho preso la lattina soltanto per fargli capire quanto poco mi interessi la sua presenza in casa mia.

«Thomas, ti prego... Non è colpa mia.»

«Quello con cui mi hai tradito ti ha puntato una pistola alla nuca? Altrimenti credo che la colpa sia tua» dico io, dopo la prima zuccherosa sorsata di Pepsi.

Alex è titubante. Vedo i suoi occhi sbarrati fissarmi come se fossi una strana entità aliena. Non è abituato a ricevere un rifiuto. Per troppo tempo è stato abituato a fare quello che ha voluto. Sempre e solo quello che *lui* ha voluto. Ha fatto cascare ai suoi piedi decine e decine di ragazzi, senza imparare a gestire le questioni sentimentali. Non ha mai imparato nemmeno a dare un valore ai sentimenti degli altri, questa è la verità.

Chissà se adesso ha davvero capito qualcosa? È davvero pentito?

Più lo guardo e più mi convinco che il suo fascino e la sua espressione contrita non saranno sufficienti a rimediare al danno fatto.

Alex è il ragazzo più bello che io abbia mai visto, ma in questo momento non mi suscita il minimo interesse. Mi sembra tutto sbagliato, mi sembra *quello* sbagliato.

«Thomas, è vero. Ci ho messo un po' a capire cosa provassi per te e quanto ci tenessi a noi due. Ma non è tutta colpa mia. È solo che non ho nessuna esperienza con le relazioni. A parte Eric...»

«No, invece, io ho cinque matrimoni alle spalle. Ma che discorsi sono?» Alzo il tono di voce e lo guardo a testa alta. Per la prima volta da quando lo conosco mi sento migliore di lui.

Jimmy comprende che la discussione è diventata troppo personale per un osservatore esterno. Si alza, si stringe nelle spalle e si avvia su per le scale. Credo mi abbia detto una cosa tipo "Se hai bisogno di me, chiamami" prima di salire, ma non riesco a esserne certo. I miei occhi incendiari sono focalizzati su Alex e sembra che tutto il mondo sia lontano, persino i rumori sono attutiti.

Provo quasi un piacere sadico a vedere Alex in uno stato di imbarazzo evidente. Voglio capire quanto riuscirà a resistere in una discussione così complicata per lui prima di battere in ritirata. Non è abituato al confronto così come non è abituato al rifiuto.

«Mi... Mi dis-dispiace» balbetta e resta fermo. Almeno per il momento ha deciso di rimanere, imperterrito, e non arrendersi alle mie ostilità. Crede davvero che riuscirà a fare breccia?

Resto alcuni istanti a fissarlo, stringo forte la lattina fredda con la mano sinistra. Il freddo della bibita si propaga attraverso il mio palmo e poi in tutta la mano. Mi sento confuso. A un tratto, la rabbia inizia a scemare. All'improvviso, senza dare alcuna avvisaglia. Non ne posso più di litigare e di alzare la voce. Per oggi ho chiuso con collere e rancori. Sono troppo stanco per opporre qualsiasi resistenza.

Mi avvicino piano ad Alex e mi siedo sul divano. Guardo da tutt'altra parte. Mi auguro che la tensione nervosa mi abbandoni come la rabbia. Sono esausto. Non credo di aver vissuto molte serate più stressanti di questa. Ma ora basta. Voglio solo mettere la parola fine a questa diatriba tra me e Alex.

Non mi amava? Bene. Si è pentito di come mi ha trattato? Bene. Ma non capisco perché continui a rimanere qua, perché stia imbambolato nel mio salotto. Non poteva convivere con il senso di colpa senza coinvolgermi?

«Vorrei sistemare le cose» dice in un soffio. Gli occhi smarriti e l'espressione di chi si trova per la prima volta in una posizione di svantaggio.

In fondo era ovvio che fosse quella la ragione per cui rimanesse in piedi, a pochi passi da me, reggendo un mazzo di fiori. Rimane contratto in una posa rigida: una statua di sale. Quasi con noia alzo lo sguardo. Lo fisso per qualche attimo e mi sento in colpa. Sì, mi sento in colpa anche io, anche se non ha alcun senso.

Alex è uno stronzo colossale, il peggior primo fidanzato che si potrebbe avere (no, okay, potrebbe esserci di peggio, lo ammetto), ma trattarlo così. E poi non è da me portare rancore, non è da me fare pesare agli altri gli sbagli che hanno commesso. Se non mi importa più di lui, dovrei dirglielo piuttosto che continuare questa sfuriata.

«Credo che, alla fine, sia meglio che sia andata a finire a quel modo» dico io, dopo aver riflettuto a lungo su come proseguire quella conversazione. Il mio tono è più calmo. Deve avere percepito un tono rassicurante nella mia voce perché lui ricomincia a muoversi. Ha di nuovo diritto a respirare. Una qualche sorta di incantesimo ha trasformato la statua in persona e ora lui cammina verso di me e, senza ricevere alcun invito, si posiziona sul divano, a pochi centimetri da me.

Non l'ho mai visto con la faccia da cane bastonato. Non lo ritenevo capace di sfoderare queste espressioni. Credevo si limitasse a fare il bello impossibile o l'uomo che non deve chiedere mai.

Sbuffo e bevo gli ultimi sorsi della mia Pepsi.

«Senti, Thomas, mi rendo conto...»

«Oh, ma sei un disco rotto. Va bene così, ti dico.»

«No, sul serio, ascoltami.»

Mi stringo nelle spalle e annuisco: ha il mio consenso a parlare senza interruzioni. Sono convinto, però, che niente di quello che dirà potrà mai farmi cambiare idea su noi due.

«Ho fatto l'errore più grande della mia vita quando ti ho detto che non provavo sentimenti abbastanza forti per te. L'ho fatto per paura, davvero. Non so perché ma ero terrorizzato dall'idea di riprovare ad avere una relazione stabile con qualcuno. Pensavo sarebbe stato un vincolo più che una ricchezza nella mia vita. È da idioti, lo so... Ma la mia vita negli ultimi anni è stata un vero caos. Una festa dopo l'altra, un amante dopo l'altro e non sapevo più ritrovare i sentimenti e la passione nelle mie relazioni con le persone. Almeno fino a quando non ti ho conosciuto, Thomas. Tu mi hai fatto venire voglia di lasciarmi andare.»

Inarco un sopracciglio. Non sono troppo sorpreso dal monologo di Alex. Lo avevo conosciuto abbastanza durante la nostra frequentazione per sapere che erano proprio quelli i motivi che lo avevano spinto lontano da me. Malgrado non mi senta conquistato dalle sue parole, ritengo che sia comunque un passo importante per una persona come lui avere ammesso i propri errori e tutte le problematiche di una vita relazionale vissuta con superficialità e senza coinvolgimento.

IL MIO SBAGLIO PIÙ GRANDE

«Basta. Non ho più voglia di discutere, Alex.» Mi stringo nelle spalle, abbasso il capo. Mi sento svuotato da tutto quello che è successo nelle ultime ore. Mi sembra di essere qui ad ascoltarlo da una vita. Mi sembra di non aver mai fatto niente di diverso negli ultimi mesi. Sono stanco e nervoso. Non meritavo questo dramma subito dopo la lite a casa dei miei genitori. Ancora una volta penso con malinconia al mio letto che mi aspetta solitario e a quel silenzio di cui tanto avrei bisogno in questo momento.

«Thomas, ti prego...»

«No, Alex. È meglio che tu vada.» Non mi preoccupo di ferirlo. Lui mi ha già spezzato il cuore. Non voglio essere crudele con lui, ma non me la sento nemmeno di dargli un'altra possibilità. Una possibilità che non merita e che non saprebbe sfruttare. Su questo ho pochi dubbi.

Faccio per alzarmi, ma lui mi blocca e mi stringe a sé. Lo sento gemere piano e, poco dopo, mi accorgo che sta piangendo.

«Sono stato un idiota. Io... io credo di amarti.» La voce gli trema e scoppia in un pianto a dirotto.

A un tratto è meno opprimente la stretta in cui mi ha rinchiuso. Mi ritornano alla mente vecchie sensazioni. Percepisco protezione in quelle braccia possenti, anche se so di starmi illudendo. So che lui non pensa quello che ha detto. E non importa che vorrei tanto credergli, non importa che avrei davvero bisogno di credergli.

Eric è ripartito, la mia famiglia mi ha abbandonato e lui è davanti a me. Così reale e così pentito. Dio, vorrei tanto credergli, vorrei così tanto lasciarmi andare e sperare anche soltanto per qualche ora che Alex sia quello giusto e che mi darà tutto ciò di cui ho bisogno.

Alla fine, prima che io possa opporre resistenza, lui incomincia a baciarmi. Io non sono lucido. Mi sento in un'altra dimensione. Quei baci mi portano altrove, lontano dal mio corpo, distante dai miei problemi e da tutte le questioni irrisolte che mi tormentano. Quelle labbra che ora sono premute sulle mie non sono quelle di Alex. Sono solo delle labbra accoglienti, così come lo sono le sue braccia. Non riesco a pensare ai torti subiti: posso solo arrendermi a lui.

Saliamo in camera mia silenziosi, nella speranza di non attirare l'attenzione di Jimmy. Chiudo la porta della mia camera e uno stupido pensiero mi balena in mente. Che fine hanno fatto i cioccolattini e i fiori che ha portato Alex? Sospiro e allontano il pensiero; in fondo non me ne frega niente. L'unica cosa che riesco a pensare è alla mia forza di volontà ormai sparita, polverizzata di fronte all'insistenza di Alex.

Ho troppo bisogno di qualcosa che mi svuoti la testa. Le parole di mio padre tornano a rimbombare nelle mie orecchie e io so di essere egoista. Ma per una volta vorrei accetto di esserlo.

Lo vedo spogliarsi e tutti gli insulti di mio padre si allontanano, diventano ovattati nella mie mente. L'ansia e il dispiacere cedono di fronte a un moto di eccitazione che non riesco – e forse non voglio – contenere. Con due rapide falcate mi avvicino a lui, che mi ripete ancora una volta di amarmi. Non gli do peso. Sono più concentrato sulla zip dei suoi pantaloni.

Pochi minuti dopo, siamo entrambi nudi, uno sopra l'altro, sul mio letto che diventa così piccolo quando c'è anche Alex. Lui mi guarda con gli occhi ancora lucidi di pianto e mi dice per la terza volta: «Credo di amarti, Thomas. Non voglio più starti lontano.»

Io non so cosa dire. E anche volendo, sono consapevole che la mia lucidità è andata in pausa da un pezzo e non so quando comincerà il turno successivo. Mi limito ad annuire, muovo il capo in modo piuttosto inconsapevole e lo bacio. Lo bacio con irruenza e gli afferro i fianchi con le mani salde come tenaglie.

Non credo di essermi mai pentito di qualcosa come mi sono pentito di aver fatto sesso con Alex. Riapro gli occhi, conscio di essere crollato poco dopo essere venuto. Do un'occhiata alla sveglia: sono le due di notte. Alex dorme pacifico accanto a me. Alza appena la schiena quando espira e appare di certo più sereno di quanto non fosse quando l'ho beccato in casa mia, per quella messinscena orchestrata ad arte per farsi perdonare.

Devo far ricorso a tutte le mie forze per sollevare il suo braccio destro e riuscire a sgattaiolare via dal letto. Scuoto la testa, in silenzio, e mi maledico per quello che ho appena fatto. Ho fatto sesso con un ragazzo che mi dichiarava il suo amore, sebbene non mi sentissi pronto a perdonarlo. Sì, è vero. Sono stato egoista da fare schifo e la cosa peggiore è che me ne sono reso conto. C'è stato un attimo di epifania in cui ho compreso quello che stavo facendo, ma non mi sono fermato. Ho deciso di andare a letto con Alex per dimenticarmi del confronto coi miei genitori. A dire il vero, sono andato a letto anche per porre fine a quel suo interminabile discorso su quanto fosse dispiaciuto di avermi tradito e sul fatto che avesse capito di amarmi.

In realtà, non c'era niente che potesse dire che riuscisse a riportarmi dalla sua parte. Se non altro, perché è tutto troppo fresco. Mi sento ancora arrabbiato con lui e non ho smesso di pensare a Eric. Già, Eric è sempre stato il terzo vertice di questo triangolo. E io che pensavo che il mio triangolo amoroso fosse morto e sepolto.

Aspetto ancora una risposta alla mail che gli ho inviato qualche sera fa. Per il momento non ho avuto sue notizie. Ma ero comunque certo che non avrebbe cambiato la situazione. Lui è a New York, io sono qua. E qua con me c'è ancora Alex, a cui mi sono concesso questa sera per tutti i motivi più sbagliati. Non credo di essermi mai comportato così male con qualcuno e quando gli dirò che non me la sento di continuare, sono sicuro che sarà arrabbiato perché il mio comportamento dimostrava tutt'altro. Spero solo che riesca a capire che non sempre l'eccitazione va di pari passo coi sentimenti. D'altra parte lui potrebbe dare lezioni in questa materia.

Esco fuori dalla stanza e mi metto a passeggiare nervoso per il corridoio del piano superiore. Ho bisogno di stargli lontano per qualche attimo, di liberare la testa e pensare a un piano per liberarmi di lui. Stanotte stessa o domani, non appena si sveglierà.

«Ora si va in giro in mutande per casa?»

Trasalisco. Jimmy è sulla soglia della sua camera. Deve aver sentito i miei passi calpestare il solaio e si è alzato.

«Sì, non pensavo fossi sveglio...»

«Faticavo a prendere sonno. Dimmi di te piuttosto. Ho notato che...»

«Eh...»

«Ci sei andato a letto?»

«No ci siamo scambiati le figurine» rispondo io, le sopracciglia inarcate.

«Entra, raccontami.»

Jimmy mi accoglie nella sua stanza. Il suo letto è molto più spazioso del mio. Ha delle lenzuola gialle come la facciata della nostra villetta e sul comodino è appoggiata una copia di un romanzo rosa. Non sapevo fosse un lettore di romanzi d'amore, ma la cosa non mi stupisce più di tanto. Jimmy è una continua sorpresa, dopotutto.

«Mi sento una merda. Ho approfittato di lui. Sapevo di non volere riprovarci, eppure ci sono andato a letto lo stesso... Sono una persona orribile.»

Jimmy mi rivolge uno sguardo scocciato. «Pensi che Alex non lo abbia mai fatto con te, pensando che in realtà non gli importasse più di tanto...»

«No, lo so... ma...»

«Dovresti essere meno severo con te stesso, Thomas.»

«È solo che non voglio diventare uno di quelli che pensano solo al sesso e non si preoccupano di fare male agli altri.»

Jimmy sospira e mi sorride. «Allora non lo diventerai. Stanne certo.»

CRISI

Sto malissimo.

La mattinata è stata un vero disastro e ho anche fatto tardi al lavoro. Ma non sarei mai riuscito a far finta di niente. Ho detto ad Alex che era stato un errore e che tra di noi non sarebbe successo altro. E, come prevedibile, lui si è arrabbiato. Ha detto persino che, se la gente lo tratta così, allora fa bene a non innamorarsi. Una di quelle tante stronzate che direbbe qualcuno troppo preoccupato di soffrire per amore.

Mi dispiace per Alex. Mi sento in colpa e farei di tutto per tornare indietro e sistemare la situazione. Tuttavia, credo che troverà le forze per riprendersi. In fondo, la sua dichiarazione d'amore era stata una forzatura. O no? Mi ha detto che mi ama per farsi perdonare, non perché lo pensa davvero. Cerco di convincermi di questo, ma devo ammetterlo: non ne sono sicuro fino in fondo. Ho il timore che tutta questa spiegazione non sia altro che un alibi che ha elaborato la mia mente per attenuare il mio gigantesco senso di colpa.

In pausa pranzo, mi avventuro al KFC del centro commerciale. Prima di uscire non sono riuscito a prepararmi il pranzo. E come avrei potuto, con Alex che sbraitava e me ne diceva di tutti i colori. Quindi, mi tocca fare incetta di carboidrati e frittura a pranzo. Non che abbia qualcosa contro questo tipo di pasto, ma ho messo diversi chili nelle settimane successive alla scoperta del tradimento di Alex. Si sa, quale miglior compagno per metabolizzare una rottura, se non un gelato extracioccolato.

Sbuffo sconsolato e allontano le ultime patatine, deciso a non finirle. Fisso gli avanzi del mio pranzo e mi riprometto di ricominciare con l'esercizio fisico. Tra l'altro, ho molto tempo libero a disposizione da quando è finita tra me e Alex. Anzi, a casa non ho proprio nulla da fare, a parte leggere fumetti. La mia vita sta ritornando a essere la consueta e monotona routine che mi ero aspettato quando avevo accettato il lavoro al negozio di tecnologia. Ma mi sta bene così. La pazza gioia a cui mi sono dato ultimamente ha esaurito tutte le mie energie mentali.

Sì, me lo impongo: da stasera più addominali e meno triangoli amorosi.

Non faccio in tempo a formulare questo pensiero che mi arriva una notifica. È una nuova email da parte di Eric. A quanto pare, coi suoi tempi, ha deciso di rispondermi. Ormai non mi aspettavo più segnali da parte sua. Avevo persino smesso di pensare all'email che gli ho inviato qualche giorno fa.

Ciao Thomas, come stai?
Scusa se non sono riuscito a scriverti prima. Sono stati giorni folli. Ormai sono vicino alla fine del corso. Purtroppo devo sviluppare un progetto di marketing aziendale e scrivere una relazione per ottenere il titolo.
New York è stranamente piacevole di questi tempi. Caotica, ma mi trovo bene. La moda autunnale newyorkese è qualcosa di eccezionale. Ma non so perché ti annoio con questi dettagli.
Tornando a noi. Mi hai chiesto di dimenticare tutto così da rimuovere ogni imbarazzo nel nostro rapporto. Beh, non credo ci potrebbe essere imbarazzo tra noi. Si può dire che non sia mai esistito un noi. E io sono quasi sicuro di non poter ritornare a Macon, dopo aver preso il Master, quindi... Purtroppo o per fortuna il "noi" e il modo di relazionarci non sarà un vero problema per noi.
Però, una cosa voglio dirtela, anche se temo che potrebbe confonderti. Ripenso alla nostra nottata mancata quasi in ogni istante. Non so cosa tu abbia, piccolo ragazzo di campagna, ma mi sei entrato nella testa. E un po' mi pento di averti detto di no. Tuttavia, sono sicuro che se avessimo dormito insieme, lo avremmo fatto per tutte le motivazioni sbagliate.

Spero che le cose vadano meglio dell'altra sera e che tu stia bene. Questa è la cosa importante.

Non pensare a me o a ciò che non è stato. Non vivere di rimpianti. Ho più esperienza di te, quindi fidati.

«Lo ha scritto davvero?» borbotto tra me e me. Sono scioccato dalle parole che ha utilizzato. Mi ha trattato come una svenevole bionda degli anni Cinquanta che viene istruita dall'uomo di turno. In fondo ho sempre pensato che Eric fosse un pizzico arrogante.

Rileggo ancora una volta la mail nella speranza di interpretarla in modo meno negativo, ma ho sempre l'impressione che lui con me sbagli i modi. Non voglio essere il ragazzino a cui deve essere insegnato come vivere. Cioè, capisco bene che ho fatto coming out molto tardi e da quando l'ho fatto non ho di certo azzeccato tutte le decisioni, ma vorrei avere almeno l'impressione che Eric mi consideri un suo pari.

Mi interrogo per qualche secondo, in dubbio se finire le patatine o rispondere alla mail. Alla fine, scelgo la mail; mi rifiuto di ingerire altre calorie. E poi il desiderio di togliermi qualche sassolino dalla scarpa è troppo forte. Magari è anche forte il desiderio di non interrompere il contatto con lui. Oh, sì, sono talmente patetico che vorrei continuare a scrivere a Eric e ricevere suoi messaggi. So che, in fondo, me la sto prendendo per niente, ma voglio essere chiaro. E soprattutto voglio fargli capire quale occasione sta perdendo, rimanendo a New York. Inizio a digitare in modo convulso e mi accorgo di non essere mai stato così determinato in qualcosa come adesso lo sono a piacere a Eric. A piacergli abbastanza da farlo tornare a Macon, mi azzardo a pensare.

Quindi dovrei considerarti un guru delle relazioni sentimentali?

Ti ringrazio per i tuoi saggi consigli, ma penso che spetti a me decidere in che modo pensare a te e se avere rimpianti per ciò che non è stato.

Mi fa piacere sapere che tu abbia pensato a quella nottata mancata. Ci penso anche io, spesso, anche se le mie giornate sono piuttosto caotiche.

Ha senso quello che ho appena scritto? Scuoto la testa: mi sembra di essere davvero ridicolo. Un ragazzino alle prese con la sua prima cotta. Faccio per cancellare il testo del messaggio, ma il dito scivola sul tasto "Invia".

Il dado è tratto. Starà a Eric decidere cosa pensare di me. Tutto sommato, spero di mancargli almeno un po', anche se non sono stato mai niente per lui.

Mi alzo annoiato e inizio a riordinare il vassoio su cui ho mangiato, la testa altrove. Il mio telefono inizia a squillare: è Allie. Non ci penso su due volte e rispondo. È insolito che mi telefoni a quest'ora.

«Thomas, devi venire subito.» Mia sorella ha un tono allarmato che mi fa preoccupare.

«Che succede?»

«La mamma...»

«La mamma cosa?»

«Vieni. Sono all'ospedale. Ti mando la posizione.»

«Ma che è successo?!»

«Sbrigati» risponde lei, senza darmi ulteriori spiegazioni. Mi tremano le gambe: so già che non riuscirò a guidare. Controllo su Whatsapp la posizione. I miei sono al Coliseum Medical Center. Non credo di esserci mai stato.

Lascio il vassoio con le ultime patatine e gli scarti sul tavolo e corro via, senza preoccuparmi di apparire maleducato. Mi chiedo se sia opportuno andare a informare di persona i miei superiori che non potrò iniziare il secondo turno di lavoro, ma poi scarto l'idea. Chiamerò dal taxi, sulla via dell'ospedale. Ho il presentimento che non ci sia tempo da perdere.

INCONDIZIONATAMENTE

Pensavo che la famiglia fosse un posto sicuro, un porto sicuro. Pensavo che la famiglia fosse l'unico baluardo in grado di difenderti dalle asperità della vita.

Dicono sempre tutti che la vita è complessa, che gli ostacoli sono tanti e che non ti puoi fidare mai di nessuno. Ma non pensavo che queste frasi potessero riguardare anche i propri genitori.

Con la gola arida e lo stomaco ricolmo di amarezza, mi ritrovo in un asettico corridoio d'ospedale, con le pareti verdi bordate di bianco. Un via vai di medici e infermieri mi scorre davanti come un fiume lento. C'è qualche paziente che si avventura in giro, come senza meta. Soprattutto vecchi, in carrozzina o col deambulatore.

Mia sorella sta seduta su una delle seggiole di plastica attaccate alla parete esterna, mio padre è in piedi, con le mani sulla faccia. È paonazzo e piange in modo incontenibile.

Non posso davvero accettare quello che è appena successo. Non posso credere che ciò che è accaduto sia reale. Quando Allie mi ha spiegato i motivi del ricovero di mia madre stentavo a crederci. Mi è sembrato un incubo. Ho sperato con ogni fibra del mio corpo di risvegliarmi, di ritrovarmi nel mio letto, un po' assonnato ma con una giornata davanti da vivere e senza tragedie alle spalle.

Invece, è tutto vero. Mia madre ha provato a suicidarsi.

Allie ha detto che si è recisa le vene di un polso con un coltello da cucina. Mio padre l'ha fermata prima che si ferisse all'altro polso e hanno subito chiamato il 911 per evitare che la ferita risultasse fatale.

Sono le tre del pomeriggio adesso e mia madre è fuori pericolo. Almeno così dice il medico che l'ha assistita. Ha perso molto sangue, è sotto choc ma sedata. Sono intervenuti in tempo, però, prima che accadesse l'irreparabile.

Mia sorella e mio padre l'hanno bendata con un asciugamano e hanno impedito che la situazione degenerasse prima dell'arrivo dei paramedici. La loro prontezza è stata provvidenziale. Mi chiedo con quale inattesa e sorprendente lucidità abbiano affrontato un momento tanto drammatico. Sono certo che io sarei stato solo in grado di urlare e di piangere se mi fossi trovato al loro posto.

Ho boccheggiato, incapace di parlare, quando Allie mi ha raccontato tutto ciò che era successo. Che uomo inutile che sono. Nemmeno in grado di dare supporto alla mia sorellina che, invece, ha dimostrato di avere nervi saldi e di essere più forte di quanto io lo sarò mai.

Cammino avanti e indietro e fisso la sottile striscia bianca che percorre le pareti verde scuro. Sono quasi ipnotizzato e non riesco più a rendermi conto di dove mi trovo o del perché io sia lì.

Tentato suicidio? No, non posso crederlo. Ho provato a dire a mia sorella che si sbagliava, ma lei ha ribadito che era la verità. Allie ha detto che la mamma sta male da un po'. È infelice con papà e sembra che il mio coming out e la frattura che ha creato tra me e mio padre siano stati la fatidica goccia che ha fatto traboccare il vaso.

So che non dovrei sentirmi responsabile, che non è una mia scelta essere gay e che non avrei mai fatto nulla per nuocere a mia madre, ma la sensazione che mi pervade è differente. Mi sento un killer, mi sento una persona orribile, tanto egoista da non pensare alle conseguenze che avrebbe avuto sulle vite altrui la mia scelta di uscire fuori allo scoperto e di vivere la mia vita.

Forse vivere la mia vita in modo onesto è più di quanto possa chiedere a questa vita.

Un'ora dopo, sono alla caffetteria dell'ospedale, seduto a un tavolo insieme a mia sorella. Papà non sa bene che fare con me, nemmeno in questa situazione di emergenza. Non riesce ad avvicinarsi. Lo vedo fremere. Se ne sta in disparte, sta in silenzio, lancia occhiate frenetiche e addolorate. Temo che voglia addossarmi la responsabilità del gesto di mia madre. Per questo mi mantengo anche io a distanza. Non sopporterei una simile accusa.

Allie sorseggia un tè freddo e mi guarda con apprensione. «Thomas, ci rimetteremo in sesto. Ci siamo sempre rimessi in sesto. Lo sai, vero?»

Scuoto la testa. «Lo credi davvero? Anche stavolta?»

«Sì. E ovviamente non voglio che tu ti assuma alcuna responsabilità di quello che è successo. Mamma ha bisogno di fare terapia e, se non riesce più a essere felice con papà, è bene che si lascino. Tu non c'entri.»

Mia sorella ha le idee chiare su tutto quello che sta accadendo. È più piccola di me, eppure sembra una donna adulta. Solo adesso mi avvedo di quale pasta lei sia fatta. Sono certo che, da questo momento in avanti, non riuscirò a pensare a lei come alla mia sorellina. Lei è una donna, una grande donna.

«Forse dovevo solo tenere la mia vita per me. In fondo, non vivo più con loro. Perché mai ho sentito il bisogno di raccontare tutto?» Una lacrima solitaria riga la mia guancia destra.

«Mamma ti vuole bene. Lo so. È più dispiaciuta per la rottura che c'è stata tra te e papà che per il fatto che tu sia gay. Credimi. Mamma stava cercando di capirti. È solo che papà... Beh... ha fatto lo stronzo tutto il tempo. Andava ripetendo quanto tu lo abbia deluso e altre stupidaggini. Un disco rotto...»

Fisso sconsolato il mio caffè. L'ho lasciato freddare senza berne neanche un sorso. «Mi dispiace tanto. Anche se è irrazionale, penso che tutto questo sia colpa mia.»

Allie mi lancia un'occhiata rabbiosa. «Thomas, ti dico solo una cosa: piantala!»

«Speravo di non distruggere niente col mio coming out. Pensavo che, in qualche modo, l'amore fra genitori e figli dovesse essere incondizionato e che sarebbe stato sufficiente a fare capire loro che sono la stessa persona... Ecco, sì, lo so che sto blaterando. Ma blatero perché non c'è mai stato niente di incondizionato. Papà non mi ha amato incondizionatamente e forse non ha amato nemmeno la mamma a quel modo... E io non li ho amati incondizionatamente, sganciando quella bomba che ha fatto precipitare le cose.»

Stavolta è Allie a scuotere la testa. Con un gesto esperto si porta una ciocca dietro le orecchie e riprende a parlare: «Thomas, forse non esiste un amore incondizionato. Magari non esiste nemmeno all'interno di una famiglia. Ma questo non significa che sia colpa tua. È molto probabile che l'amore familiare sia un'altra forma di amore imperfetto. Un amore che deve essere fatto funzionare e che va coltivato con impegno. Quell'impegno di cui tutti noi abbiamo mancato, visto quello che è successo.»

«Vorrei solo che la mamma stesse bene...» biascico io, con la voce rotta dall'emozione.

«Approfittiamo di questo momento di svolta per imparare il significato di amare in modo incondizionato. Il nostro amore salverà la mamma.»

Allie mi accarezza il dorso della mano e, all'improvviso, mi sento meglio. Per un attimo non sono più in quel vortice di pensieri oscuri da cui faticavo a emergere.

GRANDI SPERANZE

I giorni che hanno seguito *l'incidente*, come ormai io e Allie definiamo il tentato suicidio della mamma, sono stati strani. Meno dolorosi di quanto mi aspettassi ma comunque strani. Mamma è stata ricoverata in una clinica psichiatrica, ma non sembra un caso complesso. I medici ci hanno assicurato che ne uscirà. Quello che ha fatto è stato un gesto estremo dovuto a un pesante esaurimento nervoso. Hanno, però, consigliato a mio padre di riflettere insieme a mia madre sulle prospettive del loro rapporto. La separazione, a oggi, è una possibilità concreta.

Certo, sarebbe il colmo: un figlio gay e un divorzio per una famiglia cattolica così legata ai dettami della chiesa.

Io non so cosa pensare di questa situazione. Non credevo fossero così infelici. Pensavo che avessero il loro modo di condividere la vita, anche nelle distanze, anche se in una logica di compromesso. Ma mi sbagliavo. Mamma e papà, negli ultimi anni, hanno smesso di amarsi e sono rimasti insieme controvoglia.

Quando penso al possibile divorzio dei miei mi viene da ridere. Penso di stare affrontando una situazione che, di solito, si sperimenta da piccolo. A ventitré anni non pensi più che i tuoi possano separarsi. La loro rottura, però, non mi fa davvero paura. Soprattutto se questa separazione può aiutare la mamma a stare meglio.

La mia vita è ricominciata a fatica. Ho passato giorni molto complicati. Jimmy mi ha visto piangere e urlare per settimane. Ci è voluto anche l'intervento di Vanessa perché la smettessi di darmi tutte le colpe per il gesto estremo di mia madre. Ma ora, piano piano, sto iniziando a perdonarmi e a godermi di nuovo le piccole gioie della vita.

Tra le piccole cose c'è anche Alex. Dopo quella notte trascorsa insieme, Alex mi scrive, di tanto in tanto. Sembra che la rabbia gli sia passata. Ha saputo quello che è successo ai miei genitori e cerca di manifestare il suo supporto e di essere presente. Credo che entrambi stiamo provando a essere amici: quello che mai mi sarei aspettato dal nostro rapporto.

Eric, invece, è scomparso. Non ha risposto all'ultima mail e non ho più sue notizie. Mi sono imposto di non fare domande a Jimmy. Non voglio essere patetico, non voglio vivere aggrappato alla speranza che quello che non è stato prima possa accadere in futuro. Eric è stata un'occasione che non ho saputo sfruttare.

«Thomas, per il giorno del Ringraziamento hai impegni?»

Jimmy mi fissa dall'altra parte del salone con le braccia incrociate. Io alzo gli occhi dalla rivista che stavo sfogliando. «Ringraziamento? N... no. Direi di no.»

«Organizziamo qualcosa qui?»

Jimmy è in uno stato di euforia particolare, negli ultimi tempi. Per una qualche legge di compensazione, mentre a me andava tutto male, a lui le cose giravano bene. Credo abbia un nuovo fidanzato. Non ne sono sicuro, però. Ho avuto la testa troppo per aria per starlo a sentire. Ha anche trovato un nuovo lavoro. Fa il commesso in un negozio della Lacoste nel centro della città. Chissà se i clienti sanno che chi vende loro maglioni e camicie costose in unica tinta, la sera si esibisce nei locali gay con un body arcobaleno e i lustrini tra i capelli?

«Ma chi sarebbe disposto a venire da noi? Non è una festa che si passa in famiglia?»

«Beh... non credo che i tuoi festeggino, vista la situazione. I miei non abitano in Georgia, quindi... Bisogna trovare giusto qualche invitato.»

«Eh... per esempio?»

«Chiedilo a Vanessa. Sono sicuro che si libererà per te. Perché non lo dici anche a tua sorella. In fondo, penso che entrambi, dopo aver fatto visita a vostra madre, non avrete grossi programmi. O sbaglio?»

«La mia migliore amica e mia sorella? Ok, penso che si possa fare. E tu chi inviterai?»

«Ti presenterò una persona.» Jimmy scoppia a ridere con gli occhi sognanti. Inizio proprio a essere curioso di conoscere il suo nuovo ragazzo.

Più guardo il mio coinquilino e più sono felice per lui. Mi sarebbe piaciuto sognare a occhi aperti come lui quando stavo con Alex. Ma non è andata. E poi, durante la mia relazione con Alex, ero sempre preoccupato che lui si allontanasse. Lo stesso non si può dire di Jimmy. Cammina sulle nuvole e io incomincio a provare un po' di invidia.

È arrivato il giorno del Ringraziamento. Siamo a fine novembre e non ho nemmeno capito bene come abbia fatto il tempo a volare a questa velocità inaudita.

Fuori fa un freddo cane. Tira un vento gelido che lascia presagire un inverno per nulla mite. Dentro casa, invece, c'è un'atmosfera calda e piacevole, e non solo a causa dei riscaldamenti.

Vanessa è stata ben lieta di liberarsi dagli impegni con la famiglia, Allie – come aveva previsto Jimmy – ha accettato il mio invito. Non manca nessuno, se non l'uomo del mistero: il fantomatico boyfriend del mio coinquilino.

«Porti gli antipasti a tavola?» mi chiede Jimmy con aria distratta. È impegnato a dare l'ultima spruzzata di salsa al tacchino.

Io annuisco stralunato. Mi pare strano che il suo lui non sia ancora arrivato. Percorro qualche passo con il vassoio in mano e in quel momento qualcuno suona al campanello. In effetti, non poteva tardare oltre. Jimmy si fionda come un razzo ad aprire, con lo stesso entusiasmo che avrebbe un cane pronto ad accogliere in casa il proprio padrone.

Si apre la porta e il vento pungente invade la casa per qualche istante. Un uomo molto più adulto di Jimmy fa il suo ingresso nella nostra pittoresca villetta dalle pareti gialle. Deve avere cinquant'anni, a occhio e croce. Indossa un giaccone elegante e una sciarpa di seta che, da sola, costa più di metà del mio guardaroba. Ha un volto affascinante, il pizzetto ispido e le sopracciglia grigie molto folte, folte come lo sono anche i capelli. Non ho mai provato particolare interesse per quelli più grandi, ma ammetto che per questo elegante signore farei volentieri uno strappo alla regola.

Sorrido, vedendo l'ultimo arrivato baciare velocemente Jimmy, proprio quando in casa fa il suo ingresso una seconda persona. Le mie labbra si schiudono in un'espressione di completo sbigottimento. È Eric.

Senza nemmeno salutarlo, torno nell'angolo cucina a reperire i piatti e le posate per apparecchiare anche per lui. Me la sono svignata come un vigliacco perché non sapevo come reagire al suo arrivo. Da una parte, mi piacerebbe saltargli al collo, dall'altra, sono piuttosto imbarazzato per il fatto che non si sia più fatto sentire e che non abbia nemmeno risposto alla mia ultima email.

Afferro un bicchiere di vetro da portare a tavola.

«Che te ne pare?» Jimmy è di nuovo accanto a me.

Lo guardo perplesso.

«Di Kevin, non di Eric. Kevin è il mio fidanzato.» I suoi occhi brillano e la sua voce è pervasa dall'entusiasmo.

«Carino. Ma Eric cosa ci fa qui?»

«Ha deciso di tornare per farci una sorpresa e ho mandato Kevin a prenderlo all'aeroporto. Per questo sono arrivati tardi.»

«Ok...»

«Ho grandi speranze per la serata» dice Jimmy. Guarda soddisfatto i suoi ospiti e poi fissa compiaciuto il succulento tacchino adagiato sopra il forno.

IO E TE

«Kevin, dicci, come hai conosciuto Jimmy?» dice Vanessa, non appena tutti hanno preso posto attorno alla tavola imbandita.

Neanche a farlo apposta – o forse c'è proprio lo zampino di Jimmy dietro -, io mi ritrovo vicino a Eric, a cui ho rivolto solo un freddissimo "ciao", prima di iniziare a mangiare.

Kevin sorride. A dispetto dell'età, è un tipo timido e non sembra avere nulla in comune con la sua nuova fiamma, sebbene i due si scambino frequenti occhiate zuccherose.

«Vanessa, lascialo mangiare. È così magro… Risponderà alle tue domande dopo» replica Jimmy e accarezza il braccio di Kevin. Lui è grato di non essere stato costretto a rompere il ghiaccio in quella casa che non conosce, dinanzi a persone che non ha mai visto. Anche io, fossi al suo posto, non smanierei per attirare l'attenzione. Dal canto mio, penso che ha la faccia di una brava persona e tanto mi basta sapere sul suo conto.

Allie decide di insinuarsi nel silenzio della tavolata prima che diventi imbarazzante. «Jimmy posso farti una domanda?»

Il mio coinquilino fa un cenno affermativo con la testa all'indirizzo di mia sorella.

«Mio fratello mi ha detto che sei una drag queen e io volevo sapere... beh... ecco... Ti sei mai esibito con una canzone di Ariana Grande? Sai, è la mia preferita in assoluto!»

Jimmy arrossisce. «Qualche volta deve essere capitato di sicuro...»

«Quindi, adesso mi odi?» La domanda di Eric mi fa trasalire. Ha parlato piano, in modo tale che potessi sentirlo solo io. Mi giro lento verso di lui, gli altri continuano a discutere di Ariana Grande come se nulla fosse.

«No, perché dovrei?» rispondo io brusco e torno a concentrare le mie attenzioni sul purè di patate.

«Non mi rivolgi la parola. Mi ha un po' spiazzato la cosa. Credevo che ti facesse piacere rivedermi.»

«Ah... Sì, certo sono contento che tu sia tornato.»

«Okay, mi rendo conto di aver sbagliato a non risponderti più. Pensavo solo che sarebbe stato più semplice.» Lui mi parla quasi all'orecchio. «Non pensare che non ti abbia pensato. Se stasera sono qui è per vedere te.»

Lo fisso con due occhi glaciali. «Senti, Eric. Ne ho passate tante, oggi non voglio nessuna questione complicata da risolvere. Godiamoci la serata e basta.»

La cena prosegue in armonia. Sia io che mia sorella riusciamo a goderci la serata. Immagino che lei, come me, abbia ancora in mente le parole che nostra madre ci ha rivolto quando siamo andati a trovarla in clinica. Ci ha parlato del divorzio imminente e ci ha detto di sentirsi talmente bene da essere pronta a tornare a casa. A quanto pare, a breve la dimetteranno e io continuo a pensare a come sarà ricucire il nostro rapporto da quel momento. Non so bene dove si trasferirà papà. Continuiamo a non parlarci e, anche se Allie mi rassicura sul fatto che torneremo a essere una famiglia normale, io stento a crederci. Ma questa sera questi pensieri non possono guastarmi l'umore. No, mi rifiuto.

Jimmy serve uno shot di Vodka a tutti, per concludere in bellezza la serata. Siamo tutti sorridenti e con la pancia piena.

«Sapete cosa mi piacerebbe fare adesso?» È Vanessa a prendere la parola. «Perché non mettiamo la musica e Jimmy ci dà qualche lezione su come si esibiscono le drag queen.»

Jimmy inarca un sopracciglio. «Ho mangiato troppo, tesoro, per esibirmi. Perché, invece, non vi esibite voi? Io farò da giudice.»

«Un torneo di lipsync?» Eric sembra galvanizzato dall'idea.

Io sorrido. In effetti, sarebbe divertente ballare un po' per smaltire sia le calorie del pasto che la tensione dei momenti che lo hanno preceduto.

«Ok, *ragazze*» dice Jimmy per prenderci in giro «Scegliete la vostra canzone ed esibitevi uno alla volta. Quando avrete finito, stabilirò chi è destinato ad avere successo nel mondo drag.»

Kevin ridacchia e gli accarezza una spalla. «Ti do una mano a decidere il vincitore.»

«Oh, no, baby», risponde secco Jimmy, «anche tu ti esibisci!»

La competizione di lipsync è la cosa più divertente che io abbia mai fatto. Mi sembra quasi un sogno essere insieme a un gruppo di persone a cui piace passare il tempo in questo modo.

Vanessa ha aperto le danze con una performance di "Girlfriend" di Avril Lavigne. Un'esibizione così vintage da avermi quasi riportato ai tempi delle elementari.

Poi è toccato a Kevin che, seppur un po' rigido, si è esibito sulle note di "Upside Down", nella versione di Diana Ross.

Mia sorella, poco dopo, ha rubato la scena con "Positions" di Ariana Grande. Non credevo fosse in grado di fare la gatta morta a quel modo. Ero quasi certo che avrebbe preferito un pezzo più energetico. Ciononostante, se l'è cavata alla grande. Penso proprio che le ruberò qualche passo.

Per quanto mi riguarda, non ho mai avuto dubbi sulla scelta della canzone. Ho scelto, infatti, "Call me maybe". Non so perché ma ho in testa il motivetto orecchiabile della canzone della Jepsen da mesi, sin da quando ho provato a chiedere ad Alex di uscire, proprio poco prima di parlare per la prima volta con Eric. In qualche modo, penso che la goffaggine della cantante nel video della canzone rappresenti a meraviglia i miei ultimi mesi. La mia inesperienza, le mie botte ormonali e tutte le bizzarrie della mia vita sentimentale da adolescente in grave ritardo. Insomma, "Call me maybe" è la colonna sonora della mia vita post-coming out.

Inizio a dimenarmi e a battere le ciglia, a pochi passi dal divano. Sono più sciolto di quanto credessi e Jimmy mi applaude come se fossimo a una partita di calcio e avessi appena segnato il gol della vittoria.

La canzone finisce fin troppo presto. Ci avevo preso gusto a stare al centro della scena. Non faccio in tempo a sedermi che è il momento di Eric. E mi chiedo davvero che cosa aspettarmi da lui. Mi è sempre sembrato troppo serio per potersi esibire e ballare di fronte agli altri, figuriamoci mettere in scena un playback di un pezzo famoso.

La canzone che ha scelto è "You and I" di Lady Gaga, uno dei pezzi di Gaga che amo di più.

Eric non è un male a ballare e nemmeno a muovere le labbra a tempo. Ma credo non gli importi davvero. La canzone è un pretesto. È più preoccupato dall'apparire sexy. Si sbottona un po' la camicia e inizia ad ancheggiare nella mia direzione. Io ridacchio imbarazzato: questa non me l'aspettavo.

Prima che possa oppormi, Eric si è messo a cavalcioni sulla mia sedia e proprio mentre Gaga canta "My cool Nebraska guy", lui appoggia le sue labbra sulle mie. Sento urla e applausi da parte di tutti i presenti. Mi imbarazzo così tanto che riesco a percepire il sangue affiorarmi alla pelle. Non oso immaginare il colore di cui sono diventato.

Eric si scosta da me e io lancio uno sguardo a mia sorella. È la prima volta che mi vede baciare un ragazzo, è la prima volta che mi vede baciare qualcuno. Lei sorride e alza un pollice all'insù. La canzone sta per finire ed Eric continua a divertirsi al centro dell'attenzione, sculettando in modo provocante. È tutto così surreale.

Sei mesi fa vivevo coi miei genitori, ero un omosessuale represso che non aveva nemmeno avuto una cotta in vita sua. Ora il ragazzo che mi piace fa il playback di una canzone di Gaga davanti ai miei occhi e mi sembra tutto così fottutamente sensato.

DEVO DEDURRE CHE...

«Devo dedurre che ti sei pentito?»

La serata è finita. Vanessa ed Allie sono andate via, Kevin è in camera insieme a Jimmy, e io sono seduto al tavolo insieme a Eric, che non ha alcuna voglia di togliere il disturbo. Tra l'altro si sta facendo tardi e potrebbe essere complicato anche trovare un Uber.

«Di non avere accettato la tua scandalosa proposta l'ultima volta che ci siamo visti?»

Io annuisco.

«Beh... Più che altro puoi dedurre che mi piaci ancora. Mi piaci al punto che ho deciso di passare il Ringraziamento a Macon, anche se sono costretto a tornare a New York tra due giorni.»

«Cosa significa, adesso, il fatto che io ti piaccio? Significa che vuoi andare fino in fondo?»

Eric ride. Stavolta si imbarazza anche lui. È molto più bello con la camicia stropicciata e senza la cravatta.

«Ho accettato il lavoro a New York» dice su due piedi. «Per questo non mi sono più fatto sentire.

Sapevo che io e te non potevamo più essere qualcosa, a dispetto di quanto lo potessi volere.»

«Devo dedurre, quindi, che il massimo a cui possiamo ambire sia una sola notte insieme?»

«Mi piace questo gioco del "devo dedurre che…"» scherza lui.

«Allora?»

«Non lo so, Thomas. Mi viene il mal di pancia quando ti vedo.»

«Digestivo? Tisana detox?»

Lui scoppia a ridere. «Non fare il deficiente, non adesso.»

«Spiegati. Perché ti faccio venire il mal di stomaco?»

«Perché non vorrei andare via. Vorrei passare una notte con te senza il pensiero che sarà la prima e l'ultima insieme. Questo mi fa venire il mal di stomaco.»

«Allora ti piaccio proprio tanto.»

«Troppo» dice lui e abbassa gli occhi. Le sue guance diventano di un colore roseo che lo rende irresistibile. Faccio fatica a non pensare a quanto vorrei strappargli i vestiti. Mi devo contenere, però. Attendevo questa conversazione da così tanto che non voglio mandarla in fumo a causa dell'ormone imbizzarrito.

«E io che pensavo che ti fossi dimenticato di me» butto lì, un commento a caso, in attesa di sentirlo parlare ancora.

«E Alex?»

Il mio sangue diventa ghiaccio: di certo non mi aspettavo che mi chiedesse di Alex. «Alex non è più nessuno. Nessuno di importante.»

«Ti rendi conto che hai scelto lui al posto mio?»

«Sono stato stupido, però... In qualche modo, credo che tutti dovrebbero passare dal loro Alex per crescere, per capire di più di se stessi e del tipo di relazione che desiderano.»

«Ti perdono solo perché anche io ho avuto il mio Alex. Oh, guarda, era lo stesso Alex» ride lui, strizzandomi l'occhio.

«Devo dedurre che è tutto ok tra noi?»

«Deduci questo» mormora lui, si spinge in avanti e mi bacia ancora. Un bacio molto più coraggioso del precedente. La sua lingua è spregiudicata e io stento a capire cosa sta succedendo. Mi sento ancora travolto da Eric, dal modo in cui mi bacia. Torno indietro nel tempo, torno al giorno in cui mi ha baciato per farmi capire cosa stavo perdendo, continuando a intestardirmi con Alex.

«Saliamo su?»

«Saliamo.»

Mi afferra per una mano e mi tira su con una forza di cui non lo facevo capace. Perdo quasi l'equilibrio, ma lui è pronto ad accogliermi. Mi stampa due baci: uno sulla bocca e uno sulla guancia. Mi cinge un fianco e poi mi guida verso le scale.

Il cuore inizia a esibirsi a sua volta in uno spettacolo di lipsync. L'idea di andare a letto – finalmente, aggiungerei – con Eric mi fa sentire come se stessi per fare una spaccata senza aver fatto riscaldamento prima, davanti a un pubblico pronto a fischiarmi.

PROPOSTA A SORPRESA

Fare l'amore con Eric è stato come appropriarsi di una parte del proprio corpo che non sapevo nemmeno di possedere. Non vorrei esagerare, ma ho pensato che i nostri corpi fossero fatti per unirsi. Ci siamo completati in un modo che non saprei nemmeno descrivere in modo più dettagliato. Forse potrei limitarmi a dire che è stata una "figata", anche se temo di spoetizzare quella che è stata la notte d'amore più bella della mia vita.

Quando mi sveglio, Eric è ancora al mio fianco. Ha i capelli disordinati e gli occhi aperti. Mi fissa con uno sguardo tenero. Credo di non aver mai vissuto un'emozione simile con Alex. Sentire il suo sguardo addosso, di prima mattina, è piacevole. Mi sento al sicuro con lui. Adesso capisco perché lui ha sempre detto che avrebbe voluto che io e lui fossimo qualcosa di più di una notte e basta.

«C'è voluto tanto tempo» dice lui e io capisco che è il momento di riemergere dai miei dolcissimi pensieri.

«Che cosa?»

«Prima che dormissimo insieme.»

«Beh... ne è valsa la pena.» Sorrido come uno stupido e mi balena in testa a un pensiero. Forse la felicità è avere Eric dentro il mio letto. Forse è per mattine come questa che vale la pena soffrire tutti gli altri giorni.

«Vieni con me a New York. Ne sono sempre più convinto. Voglio che tu mi raggiunga.»

Io resto a bocca aperta. A fatica riesco a mettermi a sedere sul materasso. «Non puoi farmi una proposta simile adesso. Siamo stati insieme appena qualche ora e tu mi chiedi di venire con te a New York.»

«Guadagno bene. Non dovresti preoccuparti di nulla e saresti nella capitale del mondo occidentale. Non vuoi vivere la tua avventura nella Grande Mela?»

«Non lo so. Non ci ho mai pensato, Eric. Credo che sia troppo presto. E poi non posso allontanarmi da mia madre. Non dopo quello che è successo...»

«Già. Jimmy mi ha accennato qualcosa per telefono l'altro giorno. Mi sono dimenticato di dirti quanto mi dispiacesse quello che è accaduto.»

Non c'è bisogno di dirlo a parole. Il tentato di suicidio di mia madre aleggia ancora attorno a me come un'ombra inquietante di cui non penso riuscirò mai a liberarmi.

«Non ti preoccupare. Ho preferito così, che non ne parlassimo.» Lo guardo e mi domando cosa sto facendo. Cosa gli passa in mente? Davvero pensa che potrebbe funzionare. Significherebbe buttarsi nel vuoto. Per di più, io lo farei senza un paracadute. Lascerei tutto qui: il lavoro e la mia famiglia. Mi costringerei a puntare tutto su Eric. Sarebbe il mio tutto a New York ed è troppo presto perché io riesca a pensare a lui in questi termini, perché riesca a fidarmi in modo così cieco.

Nella mia testa iniziano a susseguirsi tutti i possibili scenari nel caso accettassi l'offerta di Eric. Non riesco più a parlare. Anzi, rimango silenzioso anche durante la colazione, che io e lui facciamo al piano di sotto. Kevin e Jimmy non sono ancora scesi. Oggi se la prendono comoda. Ancora una volta penso a quanto io sia felice per il mio coinquilino: ha trovato l'amore e non è costretto a meditare un trasloco per riuscire a coltivarlo. Sarebbe bello se le cose fossero altrettanto semplici per me.

«Io devo andare a controllare delle cose nel mio vecchio appartamento. Ci vediamo dopo?»

Alzo appena gli occhi a sentire le parole di Eric. Mi rendo conto di non essere stato di grande compagnia questa mattina.

«Certo» dico, alla fine.

Lui si avvicina a me, mi stampa un bacio sulla guancia e si allontana.

Poche ore dopo mi trovo a casa dei miei. Oggi mia mamma è stata dimessa e io e mia sorella siamo insieme a lei in cucina. Sorseggiamo dei tè caldi e ci scambiamo occhiate piene di panico e imbarazzo.

Non credevo che l'avrebbero lasciata andare così presto. Voglio dire, ha provato a compiere un gesto estremo, davvero estremo.

I miei occhi continuano a soffermarsi sul volto di mia madre. Appare più vecchia di dieci anni dopo l'*incidente*. Ha più rughe sul volto, ma sembra, a suo modo, serena. Come se non fosse mai successo niente, riesce a parlare del più e del meno. *Me la sento di abbandonarla? Me la sento di andare a New York?* Ci ho pensato a lungo stamattina e penso che l'unica cosa che mi tiene davvero incollato alla Georgia sia lei. Ho un lavoro insoddisfacente che non mi dispiacerebbe lasciare per ricercare nuove opportunità. Tuttavia, lasciare la mia famiglia è complicato, soprattutto dopo gli ultimi accadimenti.

«Avete notizie di papà?» La voce di mia mamma è forte, sicura, e io lo trovo un ottimo segno. La domanda, però, mi coglie in contropiede e fa sparire tutti gli altri pensieri che mi affollavano la testa. Papà è un argomento così delicato. Ho paura di staccarmi in modo definitivo dai miei parenti, ma devo ammettere che una rottura si è già consumata. Non parlo e non ho più alcun rapporto con mio padre. Sembra che il divorzio imminente sia stata davvero l'ultima spinta perché lui si allontanasse da me. In fondo, era più facile così. Mi ha addossato la responsabilità di tutto quello che è andato male. Lo so, me lo ha detto con gli sguardi, me lo ha fatto capire a denti stretti anche mia sorella che ancora gli parla.

«No» rispondo in modo secco.

Un lampo di dispiacere trapassa il volto di mia madre. «Thomas, voglio che tu sappia che mi dispiace di tutto. Quello che ho fatto... non dipende da te. Davvero, non dipende da te. E mi dispiace che papà... beh... che creda il contrario.»

Annuisco. Non ho parole intelligenti da spendere in questa conversazione, mi limito ad ascoltarla.

«Thomas», continua lei e mi afferra una mano, «sono fiera di te. Sono sempre stata orgogliosa di te e questo non cambierà adesso. Voglio che tu sappia che ti accetto. Davvero. Troppe cose sono cambiate, troppe ne sono successe e questo mi è servito per capire che la realtà è più complessa di come la immaginassi. Non per questo io posso andare contro la mia stessa natura, non per questo posso smettere di amarti come figlio.»

Sono quelle parole che aspettavo di sentire da tempo. Eppure, non c'è nemmeno un briciolo di commozione. Non mi sento toccato da questo discorso: mi sento freddo, glaciale. È come se fossi altrove. Ho sofferto troppo per quello che è accaduto nella mia famiglia e per come sono stato trattato negli ultimi tempi. Ora come ora non mi importa più di essere accettato da mia madre, mi importa solo sapere che riuscirà a stare bene, che riuscirà a cavarsela da sola.

Lascio casa dei miei genitori, dopo aver abbracciato mia madre. Un abbraccio silenzioso perché ormai sono svuotato: non ho più niente da dire. Sono solo stanco, stremato. Non mi sono nemmeno accorto di quanto importanti siano stati gli ultimi mesi e di quanto io sia cambiato.

È successo tutto in pochi mesi, da quando mi sono trasferito in quella casa con la facciata giallo canarino. Diamine! Il coming out, il triangolo amoroso, il tradimento di Alex, l'incidente di mia madre, il ritorno a sorpresa di Eric e ora la proposta di trasferirmi a New York insieme al ragazzo che forse potrei amare, che forse potrebbe essere il compagno di tutta una vita.

Crescere, però, significa anche diventare più altruisti. Vedere le cose in modo più obiettivo. Significa comprendere quando è il caso di fare un passo indietro e anteporre il benessere degli altri al proprio.

Non posso proprio andare via. Mia mamma ha bisogno di me tanto quanto ne ha di Allie. Papà ha lasciato casa. Se ora me ne andassi anche io dalla città potrei ucciderla, e non esagero. Lo so. L'ho visto nelle sue mani tremanti, nelle sue rughe nuove di zecca e nei suoi occhi tristi. Io lo so, lo so. Lo so che non voglio lasciarla, benché questo significhi dire addio a un amore che avrebbe potuto essere quello della vita ma che rimarrà soltanto una notte di passione.

Mi siedo sull'abitacolo della mia auto e penso che dovrò, mio malgrado, dare un altro rifiuto all'uomo di cui mi sono innamorato e che ho già respinto troppe volte.

ALL'AEROPORTO

Il ristorante cinese in cui Eric ha deciso di portarmi è un locale piuttosto chic. Abbiamo dovuto fare diversi chilometri in auto, ma ne è valsa la pena. La boiserie alle pareti, i lampadari di cristallo e i pavimenti di gres porcellanato. C'è una bella atmosfera e io mi sento contento di condividere un'ultima cena con lui prima della sua partenza. Domani alle 7 del mattino sarà sull'aereo che lo riporterà a New York e io tornerò alla mia solita vecchia vita, a cui ho capito di dover rimanere aggrappato.

Dopo che ci vengono serviti gli antipasti, Eric mi lancia un'occhiata infastidita. «Perché hai questo muso lungo? Thomas, che c'è che non va?»

Io apro la bocca un paio di volte prima di riuscire ad articolare una risposta sensata: «Sono solo pensieroso.»

«Neanche il cibo e l'eccellente compagnia riescono a tirarti su di morale?»

Eric è affascinante, come sempre. Indossa una giacca sportiva blu chiaro, una camicia bianca e un paio di jeans. Mi sorride, guardandomi come se fossi il più introvabile dei tesori esistenti nell'universo. E io non faccio altro che pensare al fatto che stiamo per dirci addio. Con ogni probabilità per sempre. Abbiamo vissuto in una bolla di felicità nelle ultime ore, ma domani scriveremo la parola fine su questa storia che chissà come sarebbe potuta andare.

«La tua modestia è invidiabile» mi azzardo a dire e accenno un sorriso malinconico.

«Vuoi parlarmi di qualcosa?»

Lo guardo per alcuni istanti, tergiverso, ma alla fine mi convinco a vuotare il sacco. «Credo che mi abbia un po' confuso la tua proposta. E ho pensato che...»

«Che cosa?» mi incalza lui, impaziente.

«Che mi piacerebbe accettare, davvero. Vorrei venire a New York e vivere quest'avventura insieme a te, ma... ma non posso proprio lasciare mia mamma. Non me lo perdonerei. Se le capitasse qualcosa, io...» Senza avvedermene, inizio a piangere. Non riesco nemmeno a contemplare l'idea che una qualche altra tragedia possa accadere. Non posso immaginare di non poter avere più mia madre al mio fianco.

Eric sospira e mi accarezza veloce una mano. «Stai tranquillo. Lo capisco.»

«Mi dispiace tanto.»

«Anche a me» dice lui. Non servono altre parole abbiamo capito che, tra i singhiozzi e le occhiate esitanti, ci stiamo dicendo addio. Stavolta è un addio serio. Non abbiamo più niente da scoprire. Sappiamo bene quali sono i fattori in campo. Sappiamo che noi potremmo anche funzionare come coppia, ma che non c'è la possibilità. Lui tornerà a NY e io resterò in Georgia. Saremo gli ex di una notte, gli ex che forse non erano destinati a essere ex.

L'indomani, mi sveglio di malumore. Ho deciso di non passare un'altra notte con Eric. Ero certo che sarebbe stato troppo doloroso. E il fatto stesso che io riesca a tenere a bada l'attrazione per lui, mi fa capire che quello che mi lega a Eric è qualcosa di più di semplice chimica. Per tutto questo tempo, malgrado gli alti e i bassi del nostro rapporto, ho sempre provato un sentimento per lui. All'inizio era solo curiosità, ma ora è qualcosa di romantico. E mi limito a dire "qualcosa" perché non riesco ad ammettere nemmeno a me stesso di amarlo.

Jimmy sta facendo colazione a pochi centimetri da me. Sgranocchia cereali e controlla alcune notizie da un app sul telefono.

«Oggi niente lavoro?» mi chiede in modo distratto.

«No, ricomincio domani.»

«Eric è...?»

«Partito» confermo.

Accantona il cellulare e appoggia una mano sulla mia spalla. «Mi dispiace che non possiate stare insieme. Facevo il tifo per voi sin dal primo momento, devo ammetterlo.»

Lo guardo e sorrido. «Grazie, Jimmy. Sei proprio la mia fata madrina. Certo, se avessi anche trovato il modo di farlo tornare qui, saresti stato ancora più importante.»

Lui ridacchia divertito. «Io sono entrambi i tuoi fottuti Fantagenitori, lo sai vero? Se non fosse stato per me, saresti ancora in camera tua a chiederti se avresti mai dato un bacio in vita tua.»

«E tutti questi baci...»

«E non solo baci» allude malizioso.

«Come dicevo», riprendo io impassibile, «tutti questi baci non sono serviti poi a molto. Solo a soffrire. Prima il tradimento di Alex e ora Eric che se ne va.»

«Tu e Eric sembrate usciti da "Le pagine della nostra vita"... Troverete il modo di sistemare le cose, secondo me. E, se non ci riuscirete, troverai qualcun altro. Fidati della tua Wanda.»

Rido, ho compreso il riferimento ai Fantagenitori. «Però... non so se ce ne sono altri come Eric.»

«Ma ti ricordi che non lo sopportavi, quando l'hai conosciuto?»

«Si cambia. Nella vita si cambia. È semplice.»

«Mi sbagliavo. Credo che tu sia un'eroina molto più tragica di quello che credessi. Niente Nicholas Sparks, forse... Tolstoj?»

«Non mi prendere per il culo. Sto soffrendo.» Mi alzo e mi dirigo in giardino. Ho bisogno di prendere una boccata d'aria. Vivere insieme a Jimmy è un toccasana per l'umore. Anche quando ti senti così disperato da non avere le forze di alzarti dal letto, lui è sempre pronto a dire qualcosa di così assurdo da strapparti un sorriso. Sì, Jimmy è sicuramente una delle migliori novità della mia vita e uno dei motivi per cui rimanere in Georgia forse non sarà così disastroso.

Cammino per il giardino e mi stringo addosso una vecchia felpa che non riesce a proteggermi quasi per nulla dal freddo di questa mattina autunnale. Posso almeno godere di un sole caldo che illumina le pareti della mia prima casa da adulto. La mia casa dal colore improbabile in cui ho vissuto le mie prime vere avventure sentimentali. La casa in cui ho imparato a essere me stesso e a esserlo senza paura. La casa in cui ho cantato in playback "Call me maybe" davanti ai miei amici e ho pensato per la prima volta a quanto fosse bello vivere la mia vita. Ho imparato ad amare me stesso in questa villetta. Ho imparato ad apprezzare anche le giornate storte e le piccole sfortune e compreso che tutto fa parte del percorso.

Se ripenso a com'ero quando ho varcato la soglia di quella casa, mi accorgo di essere una persona migliore.

Mi sembra che siano passati anni. Delle vere e proprie ere geologiche. Eppure era soltanto luglio. Avevo ventitré anni, ero vergine, ero impaurito e non accettavo di essere gay. Non sapevo nemmeno cosa significasse innamorarsi e – Dio! – non osavo immaginare quanto sarebbe stato bello fare l'amore con un ragazzo.

Sto diventando sentimentale: forse è meglio rientrare. E poi questo freddo mi sta congelando le ossa.

Sospiro, mi stringo nelle spalle e inizio ad avanzare verso la porta di casa ed è proprio questo il momento in cui inizio a sentire qualcosa. Prima è un rumore lontano, quasi distorto. Pochi secondi dopo, però, tutto diventa più chiaro.

Non è un rumore. È una canzone. È "You and I" di Lady Gaga, la stessa canzone che Eric ha utilizzato due giorni fa per esibirsi nel nostro salotto. La stessa canzone che ha utilizzato per sedersi sopra di me e darmi il bacio che aspettavo da così tanto tempo. Lo stesso bacio che ha spazzato tutti i miei dubbi e mi ha fatto capire che, in tutto questo tempo, lui non si era dimenticato di me.

È ironico che qualcuno passi davanti a casa mia con l'autoradio sparata a palla che manda proprio questa canzone nel giorno in cui Eric lascia la Georgia per tornare a New York.

È ironico? No, non c'è niente di ironico. Un moto di speranza invade il mio cuore. Mi volto con il cuore che pulsa come se fosse una mitragliatrice pronta a esaurire le cartucce. Un raggio del sole riverbera sul tettuccio del Taxi da cui sta scendendo Eric.

«Grazie mille per questo favore» dice Eric e dà un colpetto sulla portiera del Taxi, che si allontana rapido per la strada asfaltata. Di fronte a me rimane soltanto Eric. Ha i capelli scarmigliati, la camicia stropicciata e uno sguardo quasi spiritato. Poi la sua espressione si scioglie in un sorriso.

«Sei rimasto» mormoro io, troppo incredulo per muovermi. Mi sembra tutto così strano che non so nemmeno cosa fare. Un'altra persona sarebbe corsa ad abbracciarlo.

«Sono rimasto.»

«Sei sicuro?»

«Affermativo.»

Lui dice qualcos'altro, ma io non riesco nemmeno a percepire il suono delle sue parole. Vedo solo la sua bocca muoversi. La stessa bocca verso la quale sto correndo e sulla quale mi avvento con una foga inaudita. Il bacio che ci lega in quel momento è uno di quei baci che non dimenticherò mai. Anzi, non lo dimenticherò nemmeno quando passerò a miglior vita. È questo il momento più felice della mia vita? Non so perché, ma credo che sia davvero il momento più bello della mia intera esistenza.

Eric ha scelto me, a discapito della carriera. Eric ha scelto me e questa squallida cittadina, a discapito di New York. Eric ha scelto di vivere con un patetico tecnico informatico che abita in una casetta con le pareti gialle quando avrebbe potuto avere tutto quello che desiderava altrove.

Le nostre mani vanno ovunque. Carezze, abbracci, baci. Tutto sotto un sole autunnale che tiene a bada a malapena le punture del freddo. Tutto all'aria aperta, dove chiunque potrebbe vederci.

«Prendetevi una stanza.»

Un brivido di timore mi percorre la schiena. Ma poi mi accorgo che a parlare è stato Jimmy, che adesso sta fermo sulla soglia. Con ogni probabilità è più emozionato di noi. Ci fissa estatico e si tampona le lacrime con un kleenex con gesto studiato.

Eric scoppia a ridere e io lo seguo a ruota. Barcolliamo, ci teniamo per le mani, ci teniamo per i fianchi, tremiamo e rientriamo in casa. Ce l'abbiamo fatta. Il viaggio che ci ha condotto a casa è stato brevissimo eppure è durato una vita intera. I nostri passi instabili, le nostre occhiate ansiose, le nostre mani irrefrenabili. Tutto è elettricità allo stato puro. Tutto è un simbolo di quella vita che, forse, è pronta a regalarmi tutta la felicità che ho atteso da una vita intera.

Made in the USA
Middletown, DE
08 July 2022